小学館文庫

なぎさホテル

伊集院 静

小学館

目次

プロローグ

　その冬の午後、私は東京での暮らしをあきらめ、故郷の山口に帰る支度をし、東京駅に立っていた。

　東京での暮らしは、大学生活をふくめて十年余りの時間だった。疲れていた。他人と折り合うことができなかった。家族とも離別した。

　西にむかう切符を買おうとして、ダイヤ表を見あげた時、関東の海を一度もゆっくり見ていないことに気付いた。

——関東の海を少し見てから帰るか。

横須賀線に乗って降り立ったのは、逗子の駅だった。ちいさな駅だった。

葉山の釣り宿に泊まり、一日海を見て過ごした。やはり海は良かった。私は少年時代、目の前が海の環境で育っていたから海は見ているだけで安堵《あんど》をもてた。

——ここなら暮らせるかもわからない……。

そんな気持ちを抱いた。二日目、私は朝から海岸沿いを逗子まで歩いた。昼過ぎ、逗子の海岸にいた。缶ビールを手に砂浜に座っていた。

「昼間のビールは格別でしょう」

声に振りむくと一人の品の良い老人がいた。老人は冬の海の素晴らしさを私に語った。

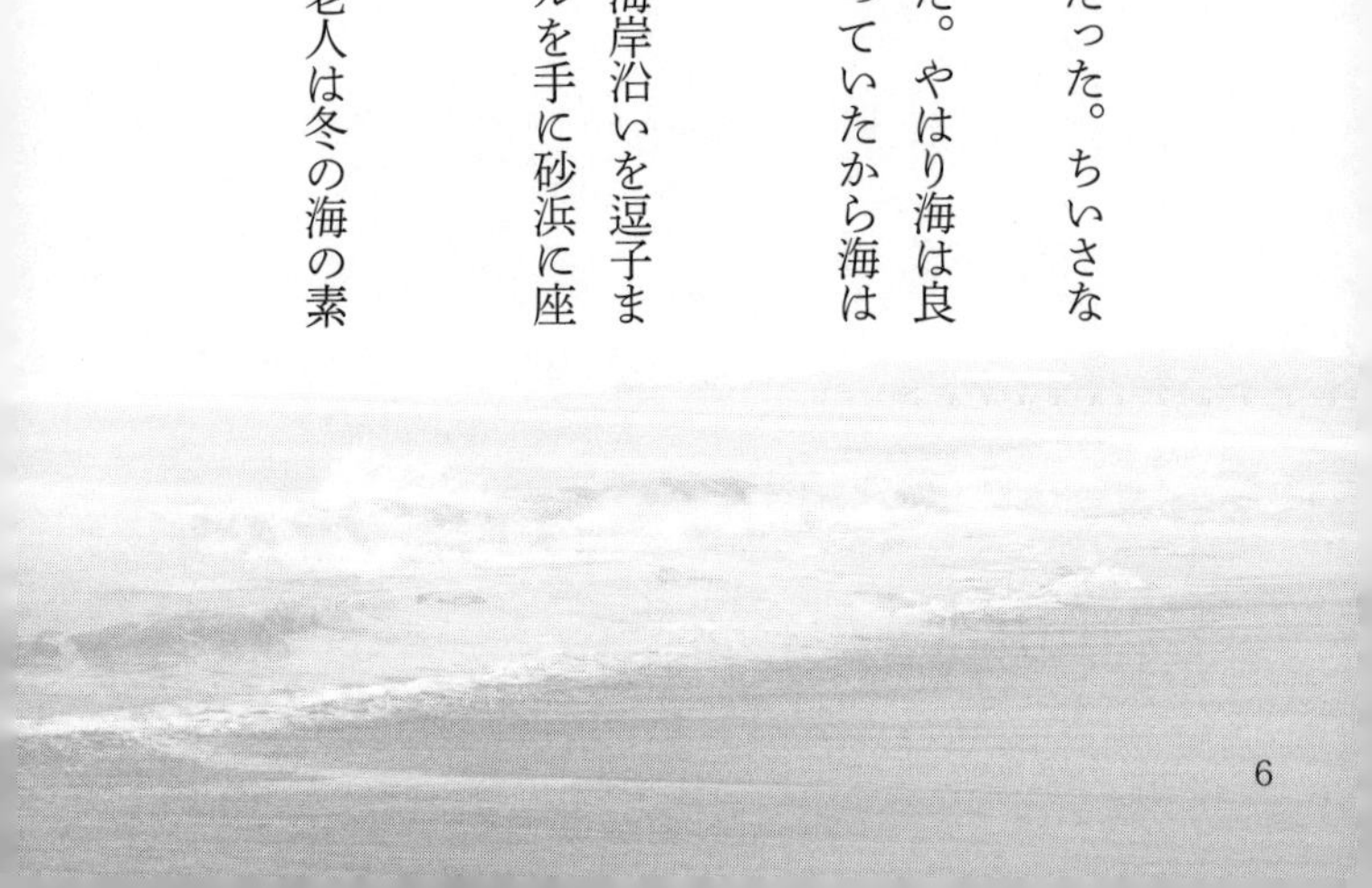

もう少しこの海のそばにいたかった私は老人にこの辺りに安い宿はないかと尋ねた。

「このうしろも古いですが、ホテルですよ」

その人が〝逗子なぎさホテル〟のI支配人だった。

それから七年余り、私はこのホテルで暮らした。

最初は一番安い別館、次が時計台のある三階の小部屋、そして海が目の前の部屋……、と私はホテルの部屋を移り住んだ。

ともかく金がない若者だったから、部屋代などまともには払えなかった。

「いいんですよ。部屋代なんていつだって、ある時に支払ってくれれば。出世払いで結構です。あなた一人くらい何とかなります」

I支配人は笑って、私が少し旅に行くと言うと、旅の代金まで

貸してくれた。

今、考えると見ず知らずの若者にどうしてそこまでしてくれたのか、わからない。I支配人だけでなくY副支配人女史をはじめとする他の従業員の人たちも青二才の若者を家族のように大切にしてくれた。

ホテルで過ごした七年余りの日々は、時折、思い起こしても、夢のような時間だった。


逗子なぎさホテルは一九二六年、湘南で初めて建てられた洋館式のホテルで、明治期にスイスにホテル経営の留学をした岩下家一が設立した。当時、皇族の御用達ホテルでもあり、木造二階建ての美しい建築は逗子、葉山の象徴であった。太平洋戦争後の駐留軍の接収などを経て、その後も大勢の人に愛され、平成元年、

六十五年の歴史を閉じている。

その間、文化人、現天皇陛下の昼食時の来訪などさまざまなエピソードを残している。

私がこのホテルで過ごしたのは、一九七八年冬から一九八四年の七年余りだった。

I支配人は海のものとも山のものともわからぬ飲んだくれの青二才をいつも温かい目で見守ってくれた。

私はこのホテルで最初の小説『皐月』を書いて某小説誌の新人賞に応募した。勿論《もちろん》、落選した。その小説がひょんなことで雑誌に掲載され、I支配人が読んで、私はこういう小説が好きです。一人でも愛読者がいるのだからあわてず頑張りなさい。ゆっくりやっていけばいいのです、と言われた。その言葉がなかったら、

おそらく私は今作家として生きてはいなかっただろう。

ホテルは宿泊の部屋が本館で20部屋あっただろうか、ともかく小さなホテルで、部屋にバスルーム、トイレがない部屋が大半だった。そのかわり共同で使うバスルームは広くて洒落《しゃれ》ていた。

夏になると全室満杯になり、昔からの客が東京や大阪からやってきた。花火大会も特等席で見物できた。何しろ目の前が海であった。

そのかわり冬になると静かで、私以外の客がいない夜もあった。

そんな夜、I支配人と二人でスコッチウィスキーをやりながら、I支配人の船乗り時代の昔話を聞いた。南洋航路の話は興味深く、まだ日本がモダンな時代の物語だった。

私はここでホテルが客に何を提供するのかを学んだ。

それは、ゲストの人生のひとときをいかに快適に過ごしてもら

うか、という哲学である。ゲストが必ずしも愉《たの》しむだけのためにホテルを訪れていない時もある。悩みを抱えた人、哀しみ、追憶の日々を送っている人、さまざまな人生模様を、品格を持って静かに迎えることもホテルの大切な役割である。

私はこのホテルで大人の男へのさまざまなことを学んだ。人生は哀しみとともに歩むものだが、決して悲嘆するようなことばかりではないということである。

嵐の海を見させられても必ずいつかホテルの部屋の窓にまぶしい陽射しが差しはじめることだ。

このホテルは、今でも私の夢の中に生き続けているホテルだ。

第一章　白い建物

私の仕事机に一個の古いマッチ箱がある。

青と赤の二色刷りで、どこにでもある廉価な仕上げのマッチ箱だ。

中を引き出すと、すでにマッチ棒は数本しかなく、その内の一本は芯《しん》の部分が半分欠けている。二十七年という時間が火薬を風化させてしまったのだろう。指で触れると白い火薬がぽろぽろと机の上に落ちた。

私は、そのマッチ棒をゴミ箱に捨て、あらためてマッチ箱を眺め直した。波模様を描いたデザインに、〝THE　ZUSHI　BEACH　HOTEL〟

とアルファベットの文字があり、電話番号が記してある。箱を裏返すと、同じ波模様に日本語で、〝逗子なぎさホテル〟とある。

　そのデザインと文字を見ていると、流れて行った三十年余りの歳月が静かに揺れはじめた。汐《しお》の香りと、潮騒の響きが耳の底にかすかに聞こえ、まだ若く、青くさかった自分が、むず痒《がゆ》さと羞恥《しゅうち》とともによみがえってくる。

　そこにあった時間はつい昨日のことであるような気もする。今、私は還暦を迎え、作家を生業としているものの、あの頃の自分と何がどう変わったのかと考えると、何ひとつ変わってはいないし、むしろあの時の方が、何をするにしても今より情熱があったように思える。飢えてもいた。持って行き場のない怒りをかかえて、うろうろと街を徘徊《はいかい》し、人を妬《ねた》み、裏切り、失望し、大勢の人たちに迷惑を掛けて生きていた。

　それでも、あのホテルの一室で見つめていた時間の中に、甘酸っぱい匂《にお》いがしてくるのは、或《あ》る日、突然に迷い込んできた、一人の若者を、家族のような目で見守ってくれた人たちがいたからだろう。その人たちの大半は、今はもうこの世にはいない。わずかに一人の婦人から一年に一度、美しい文字の便りをいただくだけだ。

彼女はもう何歳になったのだろうか。私がホテルを去った二十七年前には、彼女は支配人の役職にあった。

しかし私は、その当時、彼女に年齢を尋ねたことはなかった。清楚《せいそ》な女性で、流暢《りゅうちょう》な英語を話していた彼女には、凜《りん》としたものがあり、女性に年齢を聞くものではありません、と窘《たしな》められそうな気がしたからだ。その彼女も今は海辺の街で静かな日々を送っている。

何人もの人たちに見守られながら、私は七年余りの歳月を、このホテルで暮らした。

今はもう、あの海辺にはホテルがあったことなど忘れ去られ、ただ波が寄せ、海風が吹いているだけである。

その海が見えていた窓辺に立ち、私が過ごした時間を、渚《なぎさ》で貝殻を拾うように、辿《たど》ってみられればと筆を執った。

私は今でも自分という人間を持てあましているところがあり、己の過去を振り返る性分ではないので、時間や、そこで見たものに曖昧《あいまい》な記述が生じることを断わっておきたい。


一九七八年冬、私はトランクひとつかかえて東京駅の構内に立っていた。

私は駅の路線表を見上げていた。そこには東京駅から出発するすべての電車の路線が記してあり、上から順番に文字を辿った。東海道線に乗り込み山陽本線へむかえば、私の故郷のある山口・防府に行ける。しかし生家のある故郷へは帰ることはできなかった。半年前に二人の娘がいる家庭を崩壊させ、彼女たちへの慰謝料を借りに生家へ行き、玄関口に立ち止まらされたまま激怒した父親に追い返されていた。たしか、その夜は十二月三十一日で、裏木戸から追い駆けてきた母親から、電車賃もないのだろう、とわずかな金を泣きながら渡された。そんな家に戻れるはずはなかった。

中央線、総武線の文字を眺めながら、路線表にある主要駅名を見ていた。銚子という文字があった。

――銚子か、たしか先輩がいたな……。

銚子には大学の野球部で世話になった先輩が住んでいた。しかしこんな状態で訪ねるわけにもいかなかった。

横須賀線の文字を目で追い、そこに鎌倉、逗子、横須賀の駅名を見つけ、

――関東の海か……。東京を出て行く前に海を見てみるのも悪くないな。

と思った。

それに鎌倉という街にも興味があった。

私は切符を買い、横須賀線のホームに立った。ほどなく電車がやって来て、私は乗り込んだ。

足元に置いたトランクには数枚の衣服が入っているだけで、胸のポケットにはわずかの金しかなかった。その金は、かつて下北沢で競馬のノミ屋を共同でやったことのある鮨《すし》屋の主人から奪い取るようにしたもので、数日続いた麻《マー》雀《ジャン》で大方が消え、残った金だった。

――なるようになれ。

胸の内では、そんな半分開き直りの心境で、あとの半分は、いざとなればどこかの町工場か何かで肉体労働をして生きて行こうと思っていた。体力にはまだ自信があったのだろう。

他人と協調して何かをすることができなかった。横暴、威圧、傲慢《ごうまん》……と思える相手の態度を見ると、自分にもあきらかにある同様のものは放ったまま、その相手に牙を剝《む》いていた。忍耐、勤勉、謙虚といったものを微塵《みじん》も持ち合わせていなかった。

最初に入った広告代理店も、その性格が災いして、一年半足らずで馘首《かくしゅ》された。すでに結婚をしていたから、職を失ってからは金のためなら荒っぽい仕事も平気でした。当然、金を得るかわりに気持ちがすさみ、酒やギャンブルに身を置き、家を空けることが多くなった。たまに帰宅しても口論になり、いつしか木賃宿や酒場で寝泊まりするような生活になった。家の内でも外でも諍《いさか》いが絶えなくなり、或る時、数人相手に喧嘩《けんか》になり、いいようにやられ、怪我《けが》をした。恢復《かいふく》して相手を探し、復讐《ふくしゅう》のつもりが相手も自分もかなりの怪我をした。病院に担ぎこまれ、呻《うめ》く自分を見ていて、

——このままではいずれ潰《つぶ》れる。

と思った。

妻に離婚を申し出、彼女の実家へ行き義父に話をした。

「わかった。そのかわりに二度と娘と孫の前に顔を出さないでくれ」

義父は私の顔を睨《にら》み付けて言った。

慰謝料、生活費、娘の養育費の折り合いがつかず、借りられる所からは金を

手一杯に借り、荒い仕事を引き受け、むこう数年間の支払いが終った。

大船駅で停車した電車が左方向に走りはじめ、北鎌倉、鎌倉、と、駅のホームを見ながら、海に近い駅を探した。逗子のホームにあった海水浴の絵柄が描かれた看板を見て、飛び降りた。

改札口を出て、バスを待っていた老女に、海はどっちですか、と訊《き》くと、自分がこれから乗るバスは海岸線を走るから、と言った。バスはすぐにやって来て、私は乗り込んだ。ほどなくバスは海岸に出た。砂浜のあるような海岸はなかった。葉山行き、と何度もバスのアナウンスを耳にした。葉山には御用邸がある。海岸を散策する皇室の家族の写真を見た気がして、葉山で降りることにした。バス停に降り立ち、自転車で通りがかった若者に、海はどっちの方角か、と訊くと、すぐ脇の小径《こみち》を指さし、この先がすぐに海だ、と教えてくれた。

松林を歩き出すと、懐かしい汐の香りが漂ってきた。歩調が早まった……。

私の生家は瀬戸内海の港町にあり、家の裏手まで入江が流れ込んでいた。少年の頃は、裏庭で裸になり、そのまま海へ飛び込むと、小魚や竜の落し子を見つけることができた。いつもそばに海があった暮らしが、上京したことで海から遠去かっていた。

葉山の海は陽差《ひざ》しにかがやいていた。私は海岸の突端にあった岩に腰を下ろし、ひさしぶりに眺める海の風に吹かれながら、半日、そこに佇《たたず》んでいた。

夕暮れになり、どこか宿を探そうと、海岸を歩き出すと、釣り宿の看板が目に止まった。宿の女に素泊まりの値段を尋ね、一泊することにした。腹が空《す》いていた。釣りから戻った客たちが食堂のようなところで一杯やっていた。私はそこへ行き、魚を注文してビールを飲んだ。ビールの次に日本酒をやっていると、徹夜麻雀の疲れが出て、うとうとしはじめた。

宿の女が案内した部屋は釣り宿とは棟が違い、少し陸《おか》へむかった階段を上がった場所にあった。通された部屋は中二階で、部屋に入ると、天井も壁も赤色だった。奇妙な部屋だ、と思いつつも眠気が襲って倒れ込むようにして寝た。夜半、窓の外が何度も光っていた。どこかにドライブ・インのイルミネーションでもあるのか、と思いながら、また休んだ。朝、目覚めて部屋を出てみると、私が寝ていた部屋のある棟はラブホテルだった。

朝食ができる所を探しがてら海岸線を歩いたが、御用邸の周辺は人の出入りが禁じられていて、松林を抜けて昨日のバス停のある通りへ出た。丁度、バスが来るのが見えたので、私は逗子駅行きのバスに乗った。森戸海岸を過ぎると、ちいさな湾が見えて、そこに何軒かの瀟洒《しょうしゃ》な建物が目に止まった。運転手に、あの海岸へ行きたいのだが、と訊くと、降りるバス停を教えてくれた。隧道《トンネル》の前のバス停で降り、そこから〝なぎさ橋〟と名のある橋を渡り、海岸へ出た。そこは砂浜が1キロあまり岬まで続いていた。夏ならば、さぞ海水浴の人たちで賑《にぎ》わっていそうな砂浜だった。岬のさらにむこうにわずかに島影が浮かんでいた。それが江の島であることは後になってわかった。

歩き出すと、靴をとおしてさらさらと伝わってくる砂の感触が心地良かった。浜の中央あたりに立ち止まって、湾を眺めた。右手の岬、左手は三浦半島が遠く城ヶ島まで続いていた。

――どこかの海に似てるな。

と思った途端、七年前に弟が遭難した故郷の近くの海に似ているのがわかった。

前方の岬まで歩き、砂地が岩に変わった先の岩場に石碑のようなものがあるのが見えた。私はまた浜の方へ戻った。一軒だけぽつんと置き去りにされたようなボート小屋があり、私はその前に座って海を眺めた。

空腹に気付き、背後の海岸通りを見回すと、すぐうしろに、白い建物が見え、そこに芝生の庭があり、そこでお茶を飲んでいる人の姿が目に止まった。

私は海岸へ上がり、〝ＳＴＥＰ　ＩＮ〟と看板があったので、その庭へ入った。

――変わったレストランだな。

と思いながらテーブルに座ると、小柄な年老いたウェイターが注文を取りに来た。私はグラタンとビールを注文した。先客が立ち去り、庭には私と、奥の方に銀髪の老人が一人、陽差しを避けるようにして海岸を見つめていた。腹が空いていたので、グラタンはすぐに平らげた。もう一本ビールを注文し、海風に吹かれていた。

――こんな場所で、こうして居られたらいいだろうな。

私はビールを飲みながら呟《つぶや》いた。

視界の中の水平線もひどくのんびりして映った。その水平線の右端に背後からやって来た人影が立った。私はぼんやりと、その背中を見た。白い上着に黒のズボン。痩身《そうしん》であるが、風になびく銀髪はどこか垢《あか》抜けた老人であった。

老人はしばらく沖合いを見つめていた。そうしてゆっくりと振りむき、私を見て、軽く会釈した。私もぺこりと頭を下げた。すると老人は白い歯を覗《のぞ》かせ、

「昼間、海のそばで飲むビールは美味しいもんでしょう」

と嬉《うれ》しそうに言った。

「美味いですね」

私が言うと、大きく頷《うなず》いて言った。

「いや、本当に美味そうだ」

「一杯、飲みますか?」

私が声を掛けると、老人は少年のように目をしばたたかせた。

「お気持ちは嬉しいんですが、仕事中なもので残念です。今日はお仕事が休みですか?」

「今は毎日、休みです。何もしていないんです」

「そりゃ羨《うらや》ましいな。何もしないのが一番いいですよ」

「……そうなんですか」

「はい。そうに決まってます。今日は特に海が綺麗《きれい》です。良かったですね」

そう言って立ち去ろうとする老人に私は尋ねた。

「すみません。この辺りに少し長逗留《とうりゅう》できる宿があったら教えてくれませんか」

老人は私をじっと見つめて言った。

「ここもいちおう宿なんですがね……」

と私の背後にある建物を見上げた。

――えっ？

私は老人の視線がむいた方を振りむいた。

そこに〝逗子なぎさホテル〟と看板が見えた。

古い二階建ての木造建築は、ところどころ白壁が剝《は》がれていたものの、中央の時計台や、海を望むレストランの赤い屋根はスペイン風の美しい造りだった。

私はホテルの建物と、少年のように笑う老人を見直した。その人が、これから先の七年余りの時間、何かと私のことを世話してくれた支配人であった。

第二章　ワンピースの女

「すみません。この辺りに少し長逗留できる宿があったら教えてくれませんか」

私は偶然に入った海辺のガーデン・レストランで出逢った老人に訊いた。

「ここもいちおう宿なんですがね……」

老人の言葉に背後を振りむくと、古い二階建ての木造建築の壁に〝逗子なぎさホテル〟と看板があった。スペイン風の造りの美しい建物を見ながら私は言った。

「いや、金がほとんどなくて、こんないいホテルは泊まれません」

「お金ですか……。ここは安いですよ。見てのとおりの古いホテルなんだから。ハハハッ」

老人は金のことなど、どうでもいいような言い方をして笑った。

「ともかく少し、このホテルにいらしたらどうですか？」

その一言で、私は葉山の先の釣り宿にトランクを取りに行き、夕刻前にホテルを訪ねた。トランクを手にした私がロビーに入って行くと、先刻の老人が、

「やあ、見えましたか」

とフロントの奥から片手を上げた。

老人はフロントの中にいた女性に何事かを告げていた。女性は私の顔をメガネ越しに一瞥《いちべつ》し、老人の話に頷いていた。

私はロビーの隅の古い革張りの椅子《いす》に腰を下ろし、高い天井を見上げ、

――この造りだと、あの老人の言葉とは違って宿泊料金はかなりするな……。

ここは無理そうだな。やはり、あれは老人の戯言《ざれごと》だったのか。

とあきらめ顔で立ち働く人たちを見ていた。どの従業員も皆年寄りであった。それが私には、この空間だけが、時間が止まったホテル、のように思えた。

「お待たせしました」

品のある女性が書類を手にやって来た。

「これが私共のホテルの各室の料金なのですが……」

テーブルの上に出された料金表に記された、3万、2万の数字を私は黙って見た。

「支配人の話では、少し長い間お泊まりになりたいとか……」

女性の言葉に、あの老人がこのホテルの支配人だとわかった。

「そう話をしましたが、無理ですね。金の余裕がないんです」

「それはうかがっています。この建物と違う場所にもう少し安い部屋があります。そこなら今の季節、一泊3000円で泊まれます」

——3000円？　それなら十日位は宿泊することができる……。

「一度、部屋をご覧になりますか？」

「ええ、お願いします」

「ではすぐに案内の者を呼びますから、お気に召すようなら」

「いや、その3000円の部屋で結構ですから、取り敢《あ》えず十日間泊めて下さい」

「そうですか。でもご覧になられた方が……」

「いいんです。どんな部屋でも」

「わかりました。少々お待ち下さい」

女性は立ち上がり、すぐに戻って来て宿泊者カードをテーブルの上に置いた。

名前と年齢を書いたものの、住所と職業の欄に記すべき家も、職もなかった。

「すみません、無職で家もないものですから、田舎の生家の住所を書いておきます」

女性は何も返答をしなかった。

ほどなくフロントにサンダル履きの若い男が一人やって来た。痩身の気難しそうな男であった。先刻の女性と男が私のそばに歩み寄って来た。男は軽く私に会釈し、どうぞ、と素気なく言った。トランクをかかえ、男のうしろを付いて行った。

海とは逆側の出口から建物を出ると、そこは駐車場になっていて、振りむくとゴシック造りの立派な玄関があった。ホテルの正面玄関は海側でなく、こちらであることがわかった。ホテルの敷地を出て狭い路地を男の背中を見ながら歩いた。その径には松、蘇鉄《そてつ》、木斛《もっこく》といった海風に強い木々がぽつぽつとあり、海辺の避暑地によくある風情をしていた。ボートやサーフボードを建てかけた家の入口に会社の保養所の名前や海の家の屋号が手描き文字で見えた。中にはアルファベットの文字もあった。外国人も多いのだ、と思った。

「ここです。靴は脱いで下駄箱に仕舞って下さい。部屋は二階の右角です。夜は十時が門限ですが、私、早く休むので、できれば九時半くらいまでにして貰《もら》えますか……」

男は階段を上がりながら無愛想に言った。話し方や仕草を見ていると、まだ三十歳半ばと言ったところか、客と関《かかわ》りたくない男の意志だけがはっきりと伝わった。

通された部屋は四畳半の畳の部屋で、ちいさな卓袱台《ちゃぶだい》と鏡台が隅に置いてあった。すぐにお湯を持って来ます。風呂は本館の共同風呂を使って下さい、と告げて、男は階段を下りて行った。部屋の狭さに少し驚いたが、こんなものだろう、と納得しながら、左手の窓を開けた。隣家の庭が真下に見え、垣根を越すように一本の木が迫って、手を伸ばせば届く距離に白い花が咲いていた。

——何の花だろう。

と見ていると、茎に棘《とげ》が光っているのが目に止まり、それがバラの木だとわかった。これほど大きなバラの木を見るのは初めてだった。もう一方の海側の窓を開けたが、目の前の家に遮られて海は見えなかった。少しがっかりした。3000円ならこんなものだろう、とまた思いつつ、背中から倒れ込むように畳に大の字になった。その勢いに部屋が揺れた。天井の隅に白いシミがあった。よく見ると、それは一匹の家守《やもり》であった。足音がして、先刻の男が湯の入ったポットを持ってあらわれた。あっ、どうもすみません、と上半身だけ起き上がると、男は私の顔をじっと見つめて言った。

「二階で飛び跳ねたりしないで下さい。この建物はひどく揺れますから」

私は男の顔を見返し、そうか、今しがた倒れ込んだ時に揺れたのか、とわかったが、別にただで宿泊しているわけではないし、私は何も返答しなかった。男が去ると、開け放った窓から鳶《とび》の鳴く声がした。玉が転がるような声色に跳ね起きて鳥影を探したが海側の窓には見つからなかった。もう一方の窓から顔を出すと、傾きかけた陽に羽を染めた鳶がゆっくりと旋回していた。鳶を見るのはひさしぶりだった。私は少年の時に、赤児を背負った子守りの少女の背後から鳶が急降下し、少女の手にした芋を奪い取った現場を見たことを思い出した。そんなことを思いながら空を仰いでいると、すぐ真下で物音がした。見ると、大きな花柄の真っ赤なアップリケの入った黄色のワンピースを着た女が庭先から、私を見上げていた。黄色と赤色の色彩も鮮烈だったが、長い髪を少女のようにふたつに編んだ女が、もうかなりの年齢であったことに戸惑った。濃い化粧でことさら強調したような女の大きな目が私を睨んでいた。私が軽く会釈すると、女は、フン、と怒ったような表情で手にした洗濯物をかかえて家の中に消えた。

——失礼な女だ……。

と思いながら、私はまだ物干しに残った洗濯物が夕風に揺れるのを見ていた。それから女は庭へ出て来なかった。

陽が落ちて、私はホテルの本館に風呂を借りに行った。ロビーにいた女性従業員にそのことを告げると、湯舟に湯を満たすまで待つように言われた。

冬の海辺のホテルは宿泊客もなく静かであった。ロビーに座っていると玄関の方から賑やかな声がして、家族連れがあらわれ、レストランに入って行った。常連客のようでホテルの従業員たちと親しく言葉を交わしていた。

蝶《ちょう》ネクタイをした小柄な男が茶を持って来て、もうすぐ湯が一杯になるから、と告げた。やがて湯が入ったらしく、その男について廊下を歩くと、別館は狭いでしょう、それにあの管理人は素人《しろうと》だから大変ですよね、と独り言のように言った。

——そうか、あの男は素人なのか……。なら、この男はどんなふうにプロなのだろうか……。

とどこかたどたどしく廊下を歩くうしろ姿を見つめていた。

風呂に入ると、背後から男が、鍵《かぎ》を掛けて下さいね、貴重品を盗まれたら大変だから、と声を掛けた。貴重品なぞあるわけがなかった。衣服を脱ぎ捨て、煙る湯屋で湯舟に足をつけて飛び上がった。今しがたまで煮えたぎっていたのではと思うほどの熱湯だった。冷水で足を冷やしながら、どこがプロなんだ、と呆《あき》れた。風呂から上がり、ロビーでビールを注文して飲んだ。現金を払おうとすると、その男が、副支配人がサインでいいとおっしゃってます、と言った。フロントを見ると、昼間の女性が何やら懸命に仕事をしていた。

海側の庭へ出ると、海風が強くなっており、夜の雲が勢い良く海の上を流れていた。ほどなく雨が落ちはじめた。レストランのガラス越しに夕食を摂《と》る家族連れの一家団欒《だんらん》の姿が灯《あか》りの中に揺れていた。

三日ばかり、その別館の部屋で寝転がって過ごした。

昼間は海に出て、ぼんやりとしていた。

この別館は夏の海水浴客で混む時に、満杯の宿泊客をこなすために使用していること、戦後、このホテルをＧＨＱから買収した経営者が夏の保養の別宅として建てたものだと、管理人の男から教えられた。

管理人は夫婦で階下に暮らしていた。女房が勤めに出ていて、主人の方はぶらぶらしているようだった。そんな生き方もあるのか、と妙に感心したが、今朝方夫婦が諍っている声を聞いて、男が働かぬというのはどこも同じなのだろう、と思った。

隣人の女のことが気になった。あの夕暮れ、洗濯物を取り込んでいた女の庭に、残りの洗濯物がずっと物干しに掛かったままであった。あの夜、雨が降り、翌日も一日降ったり止《や》んだりの天候だったが、隣家からはいっこうに洗濯物を仕舞う気配がしなかった。

「隣りの家なんですが……」

私は管理人に隣家の女のことを訊いた。

「見ましたか？　あの女……」

管理人の表情がこわばった。

「あの女と何かありましたか？」

管理人は私の顔を覗き込んだ。

「いや別に何も……」

私が返答すると、管理人は隣家の女性が、戦後しばらくこの界隈《かいわい》に別荘を持っていたGHQの将校の恋人だったことと、その将校が女を放って帰国して行ったこと、しかし女はずっと彼女が若かった時の恰好《かっこう》をして、将校を待っているということを、どことなく蔑《さげす》んだような口振りで話した。

管理人と女の間には何かトラブルがあったようで、最後に吐き捨てるように、ただのパンパンのくせに、と言った。その一言で、私は男の顔を見るのも嫌になった。

その夜、私はずっと取り込まれることのない洗濯物が電信柱の灯りの下にほの白く浮かんでいるのを見ていた。女が夜半に庭先へ出て来る気がした。

私の生家から五分も歩けば、旧い遊郭があり、私は少年の時代からそこで働く女たちを何人も見てきていたし、仲の良い友人の母親が、その街で働いていた。遊郭の女たちとは事情が違うものの、管理人の隣家の女に対する態度は、私の街の大人が、遊郭の女たちに対して見せたものと同じであった。

こんなところに居ることが嫌になってきた。

十時を過ぎていたが、私は本館で酒を飲んで来るので、と管理人に告げて出て行った。

外が雨のせいもあってか、ホテルのロビーには人の気配がなかった。バーもないのか、とロビーを見回したが、レストランの灯りも消えていた。廊下の奥から人影が見えた。私が近づくと相手はまだ気付いていないらしく、肩を叩《たた》いた途端、相手はヒィーッと悲鳴を上げて、その場に崩れそうになった。その腕を摑《つか》んで、すみません、驚かせてしまって……、と声を掛けると、先日、熱湯を入れてくれた男が、私の顔を見て胸を撫《な》で下ろしていた。背後で足音がした。振りむくと、浴衣姿の支配人が手拭《てぬぐ》いを手に笑って立っていた。

「どうしましたか？」

「い、いや、何も……」

私があわてて言うと、支配人が笑って言った。

「どうですか、一杯やりませんか？　私、今夜、当直でして、独り酒も淋《さび》しいなと思っていたところなんです。Rさん、冷えたビールとウィスキーを用意して」

「はい」

Rさんと呼ばれた、例の熱湯の男がまるで子供のように笑って返事をした。

「別館の方は居心地はどうです？　こっちへ越してくればいいのに……」

「いや、金がないもんですから……」

「お金なんていいんですよ。若い人がお金を持っていたら変だもの」

「は、はあ……」

支配人は自己紹介し、照れ臭そうに名刺をくれた。I・A、美しい名前だった。

「私はこの海辺で生まれて育ちました。高校も、この裏手のZ高校です。若い時分からずっと外国航路の客船に乗ってましたから、陸へ揚がってからは隠居と同じなんですよ。暇にしてたら、こんなことをさせられてしまって、ハッハハハ」

よく笑う人だった。

二人で酒を飲みはじめると、時折、海の方をI支配人はじっと眺めていた。

「今頃の海が一番いいですよ。静かですからね。夏になると、もうダメです。人ばかり多くてね。あなたは良い時に見えた。上手くすると客が一人もいない夜もあるんです。そんな夜は海を見ながら一杯やるんです」

美味しそうに酒を飲む人だった。会話は途切れ途切れになってしまうが、静かに寄せては波音を立てている海のように時間がゆっくりと流れていた。私はひさしぶりにやわらかな酔心地に浸っていた。

「いつまでもいらっしゃればいい……」

ぽつりとI支配人が言った。

私は思わず顔を上げて、その横顔を見た。夜の海を見つめている瞳が美しかった。

「私は船が好きでしてね。南太平洋は星が綺麗なんですよ。その星を眺めながら一杯やってると、ずっとこうしたいと思いました。人は、それができる時にやっておいた方がいい。その方が楽しいですよ……」

話を聞いているうちに、性急に生きて来た自分が情なく思えて来た。

「別館は海が見えないから、こっちへ移られた方がいいですね。そうしましょう」

夜更けまで語らって、I支配人は、私の素性を何ひとつ訊こうとしなかった。

第三章　夜の海

明日から部屋を移るという昼下り、私はホテル裏の逗子、新宿界隈を歩いてみた。

海辺の小市にしては比較的、敷地の広い家が多かった。それらの家は建物も古く、垣根越しに覗く庭の木々の大きさで、家々が戦前からあったことが想像できた。ちいさな橋を渡ろうとすると、〝東郷橋〟と名があった。この近くに、日露戦争の日本海海戦で活躍した、海軍大将の東郷平八郎の屋敷があったという。逗子から近い横須賀が、当時の海軍の主要軍港であったことと関係していたのだろう。

松や蘇鉄、木斛の木を見ながら歩いているうちに、公道なのか私道なのかはっきりしない小径に迷い込み、やがてその径が行き止まりになった。バラの木が目の前にあり、どこかでこの木を見た覚えがあった。首をかしげていると、すぐ左方から女のハミングする声が聞こえた。杉垣の間から声のする方を覗くと、そこにあの女が立っていた。女のむこうに、私の部屋の窓が見えた。どうやらぐるぐると回っているうちに、出発点に戻ったようだった。ほんの数メートル先で、女は上機嫌で鼻歌を歌っていた。それが外国のスタンダードの曲であることがわかり、若い管理人が話していた、女が戦後、ほどなくこの界隈に駐留していたアメリカ軍の将校の恋人で、将校が去ってからもずっと帰りを待っている女だということを思い出した。

――少し、おかしいんですよ、あの女……。

管理人が人さし指で顳顬《こめかみ》をさしていた仕種《しぐさ》が浮かんだ。

庭先で洗濯物を干している女はあざやかなピンクのワンピースに身を包み、陽差しを受けた横顔がひどくまぶしく見えた。しかし昼の日中から濃い化粧をし、陽気にハミングしている女が哀れに思えた。女の方から、私はまったく見えないのか、それとも人が立つ場所ではない所に私が居るせいか、女はまったく無警戒だった。足元のサンダルに真っ黄色のひまわりの飾りが見えた。その花模様を見つめていたら、突然、サンダルが地面から消えた。

私は何が起こったのかわからず、女を探した。少し先の杉垣の間に女を見つけた。私は息を飲んだ。女は物干し台に掛けた竿《さお》に両足を引っかけて逆立ちしていた。スカートが下がり、女の下着が半分覗いている。驚いたことに、女は逆立ちをしたまま歌を口ずさんでいた。私は目にしてはいけないものを見た気がして、その場を去ろうとした。足を忍ばせて歩き出すと、女の声がした。

「誰？　誰なの、そこにいるのは……」

私は一目散に駆け出した。

その夜、私は逗子の駅近くにあるバーに行った。

数日前のI支配人との酒交で、忘れかけていた酒の味がよみがえっていた。酒での失敗で、つまらぬ騒ぎを何度か起こし、こうして東京を追われるような立場になっていたことはわかっていても、さきゆきのわからぬ自分の将来への不安と、己にほとほと愛想がつきてなかば自棄《やけ》になっていたから、酒が必要であったのだろう。

そのバーに入った途端、ただ酔うだけのための酒を求めに来た客にとっては場違いな店だとわかった。女が二人でやっている店で、一人はカウンターの中に、もう一人は銜《くわ》え煙草《タバコ》でカウンターに背を凭《もた》れかけていた。奥には二階へ続く階段が淡いピンクの照明に浮かんでいた。女たちは私を値踏みするような目で見つめていた。

ビールを注文しグラスを上げはじめると、カウンターの女が、初めてよね、お客さん、と上目遣いに、私を覗いた。二本目のビールを注文すると、もう一人の女が近寄って来た。一杯、いただいていい？　科《しな》をこしらえた女は三十歳過ぎにも、五十歳過ぎにも見えた。私はビール瓶を女にむけ、酔っ払いに寄っただけで、手持ちの金がないことを先に話した。女は私の言葉に笑って、嘘《うそ》よ、羽振りが良さそうよ、と言ってから、私がホテルから引っかけて来た下駄に目を止め、近所の人？　と訊いた。私が黙っていると、二階で遊んで行く？　と小声で言った。断ると、いくら持ってんの、と膝の上の私の手を撫でた。私は手を払い、カウンターの女の方を見た。女は少し高目の椅子に腰を掛け、煙草をくゆらせていた。その横顔が昼間、杉垣の間から覗いた、あの女に瓜ふたつだった。私は目を瞬いて、女を見直した。服装は地味だが、目鼻立ちはそのままに思えた。六十歳は過ぎているように見えるカウンターの女が、昼間の女の本当の姿のような気がしてきた。私は女にウィスキーを持って来るように言った。水割り？　と訊き返した正面をむいた女の顔は、まるで違っていた。やがてもう一人客が入って来て、すぐに外の女と二階へ消えた。私は数杯のウィスキーを飲み、金を払って店を出た。

釣り銭を出した時に匂った女の香水の香りが表へ出ても鼻の奥に残った。その匂いが、昼間の女の匂いに思えた。

私は半年後、その女のことを『緑瞳の椅子』という題名の小説に書いた。

I支配人が移るようにすすめた部屋は、二階建てのホテルの屋根の中央に三角帽子のように突き出した時計台の真下にあり、そこだけが三階に位置していた。

六畳と三畳の間取りで、普段は物置きに使われていた部屋を整頓《せいとん》し使わせてくれたようだった。

鞄《かばん》ひとつの荷物しかなかったが、この数日で買い求めた十冊余りの本が、私の所帯道具に加わっていた。

部屋に荷物を入れ寝転がっていると、ドアを叩く音がした。ドアを開けると作業ズボンを穿《は》いた短髪の老人が立っていた。

「支配人が、ベッドがいいか、蒲団《ふとん》がいいかを聞いてくれと言うんですが、どちらがいいですか？」

と老人は人の良さそうな目を細めて訊いた。

「どちらでもいいですよ」

「そう。じゃベッドを一度入れてみようか……」

老人が立ち去って、しばらくすると騒々しい音が聞こえて来た。

私はドアを開けた。階段の踊り場に、先刻の老人と可愛いスカイブルーのメイドのユニホームを着た中年の女性が足元でよじれているベッドのマットを手に笑って立っていた。

「そうしちゃ、通らないって。もっとそっちを上げないと……」

狭い階段の踊り場でベッドのマットが歪《ゆが》んでいた。

二人は私の姿をばつが悪そうに見ていた。

「あっ、俺が運びますよ」

私が言うと、

「いいの、いいの。お客さんにそんなことさせたら叱《しか》られちゃうから。ほれ、もうひと踏ん張りだ」

老人は女性を励ますように声を掛けた。

「Kさん、これ以上は無理だよ」

女性が大袈裟《おおげさ》に首を横に振っている。

私は階段に下りて、マットを一人で担ぎ上げて階段を上がりはじめた。

「あらっ、力持ちだね」

女性の感心したような声に続いて、

「ちょっと、あなたたち何をお客さんにさせてるの」

と違う女性の声がした。

マットを部屋の前に建て掛けて振り返ると、副支配人のY女史に睨まれて、二人が叱られた子供のように神妙な顔付きで踊り場に立っていた。

「すみませんね。この人たち皆力がないものだから……」

「大丈夫です。俺、いや、僕、力だけはありますから、平気です」

私はマットを担いで、部屋に入れた。すぐに短髪の老人がベッドの骨組を手に入ってきた。老人は手早くふたつ折りの骨組をひろげた。私はその上にマットを置いた。

「これじゃ、ベッドで一杯だね」

老人の言葉にメイドの女性が続けて言った。

「なんか牢屋《ろうや》みたいですね」

「何ってことを言うの」

Y女史がメイドをたしなめた。

すみません、と言って、少女のように舌先を出したメイドは、私を見て首をすくめた。私は思わず吹き出した。

「こりゃ、刑務所の独房だな」

背後で甲高い声がして、皆が振りむくと、I支配人が笑って立っていた。

「支配人まで……。言葉に気を付けて下さい」

Y女史が怒ったように言うと、支配人も首をすくめて舌を出し、老人とメイドを見てウィンクした。

結局、そのベッドは一晩だけ眠って、お払い箱になった。

それでもホテルの本館の方は別館に比べて、夜になって波の音が届き、私はひさしぶりに海のそばで眠ることができたのを喜んだ。

翌朝、騒々しい声に目覚めると、窓辺に鳩《はと》が群がっていた。

ようやく部屋が落着いたものの、ホテルに入って一週間余りが過ぎ、手持ちの金が残り少なくなっていた。

鳩の窓の部屋は支配人の配慮で、別館より千五百円だけ高い部屋代にして貰ったが、残った金を数えると数日分しか滞在できなかった。

さて、どうしようかと思案したが、別れた妻と子供たちへの慰謝料をあちこちから借りていたので、どこにも借金をする当てがなかった。

元々、私は子供の時から金銭に無頓着《むとんちゃく》なところがあった。六人の、当時では子だくさんの家庭で育ったが、父親は子供たちにひもじい思いをさせることはなかった。まだ近所には学校へ行かせて貰えない子供もいたし、学校へ通っていても給食代が払えない同級生も何人かいた。たいがいが母子家庭や、父親が呑《の》んだくれや塀のむこうにいる家の子だった。私の育った界隈は、そんな事情をかかえた家がたくさんあった。

母は父に内緒で、そんな家の子供の面倒を看《み》ていた。それを知っていた私は、或る時、父にむかって、友だちの家を助けてやって欲しい、と言ったことがあった。

「人を助けたいのなら、おまえが新聞配達でも屑《くず》拾いでもして助けてやれ」

父に厳しい顔をして言われた。

父はそういう人であった。目の前にほいと（物乞《ものご》いのこと）が手を差し出して来ても、その当人にむかって、

「人に物を乞うな。そうやって身体が動くなら働け」

と怒鳴りつけた。

子供の時に他人を助けてやって欲しい、と親に言い出すほどだから、裕福な家であったのだろう。だが家に金があるとか、そんなことを考えたことは一度もなかったし、親は親で子供にはいっさい小遣いを渡す家ではなかった。夏祭りなどに出かけても、他所《よそ》の子供がお面を買って貰っているのを、弟と二人でうらやましそうな顔でじっと見ていた。そのせいか、何かを欲しい、と思うことがなかった。金銭に対して、おおらかさを持てたのは、親のお蔭《かげ》だった。上京して大学の野球部の寮に入っていた時も、送金してくる金をほとんど使うこ

とがなく、一年すると机の中に開封してない現金為替が何通もあった。その金を青山でブティックをしていた長姉が、資金ぐりが苦しいと借りに来たこともある。

大学の二年で肘《ひじ》をこわし、野球部を退部した時、父は大学を退《や》めて、すぐに田舎へ戻り、家業を継げと言い出した。説得のために家へ戻ったが、殴り合いになり、どうしても大学を卒業して欲しいと願う母のこともあり、残りの二年は学費も生活費もアルバイトをしながら卒業した。それを少しも苦しいと思わなかったのも、金銭に無頓着な性格があったからだろう。

しかし、その無頓着さが裏目に出た。

妻と子供たちへの離婚の慰謝料と養育費のことで話し合いになった時、相手が法外な要求をしてきたのを、すべて了承した。一時金として数百万円を渡した上に、当時の自分の給与を上まわる月々の支払いを約束させられた。別れたい一心もあったろうが、やはり若かったことが、法外な要求を受け入れたのだと思う。

――自分が昼、夜、働けば何とかなるだろう……。

そんな呑気《のんき》な考えだった。呆れた性格だった。それが二十年間余り、自分を苦しめることになった。

よく払い切れたものだ、と今になると思う。この頃は、たまに成人した二人の娘と逢うことがあるが、親はなくとも子は育つ、とはよく言ったものだ、と感心したり、彼女たちの笑い顔を見ていると、毎月、金が揃《そろ》わなくて頭を痛めた自分を思い出し苦笑してしまう。


ともかく、当面の金がなかった。

どうしたものか、と数日考えた。夜半、海へ出て、こんな場所で自分は生きて行っていいものか、日本を出て、どこか外国で一からやり直すべきなのでは……とか、考えたりした。

そんな時、夜の海を見ていると、七年前に海で遭難して死んだ弟のことがよみがえった。

弟の死は、私にとって大きな衝撃であった。

十七歳の若者の死。たった一人の弟の死。

彼の死が、私にさまざまなことを考えさせた。

第四章　波頭

弟は十七歳の夏に海で遭難して死んだ。

彼が高校二年生の夏休みに入ったばかりの午後の事故だった。

弟は、その日、サッカー部の早朝練習を終え、いったん家に戻ってから水着と手製の銛《もり》を持って、自転車で峠をひとつ越え、T海岸へ出かけた。T海岸は瀬戸内海の周防灘にあるちいさな湾で、砂浜と遠浅の海が恰好の海水浴場になって、夏は海水浴客で賑わう海だった。

しかし、その日の海岸には人影がなかった。台風が近づいていた。周防灘は毎年、台風の通過点になり、水害に度々見舞われていた。土地の人は台風のおそろしさをよく知っていたから、台風警報が出ると海へは出かけなかった。生家でも港の堤防が崩壊し、一階まで水浸しになったのを私も覚えていた。今から思えば弟が物ごころついた頃には、水害の対策がしっかりと行なわれ、彼の記憶の中には台風への恐怖心があまりなかったのかもしれない。

それに気象予報では台風が来るのは二日も先だった。弟は海へ出かけ、顔見知りのボート小屋へ行き、ボートを借りて沖合いに出た。

――どうして台風が近づいているのにボートで沖なんかに出たのか？

弟が亡くなってから、彼が自殺したのではという噂《うわさ》が街に流布した。しかしそれが事実と違うことは、弟の死後、彼の部屋に入り、書棚にあった多くの冒険小説や探検記などの書物を見つけたことや、お手伝いのSから、弟が樽《たる》で川下りをしたり、筏《いかだ》を組み立てて生家のそばの入江に浮かべる実験をしていたという話を聞かされて、彼が冒険家になりたいと思っていたということからわかった。

弟は冒険家になりたいという夢を実現させるために、夏になると沖へ出てボートを漕《こ》ぎ、身体を鍛えていたのだった。己の夢に邁進《まいしん》するのは、若者の常である。

――なぜ、そうまでしなくてはならなかったのか。

彼にはそうせざるを得ない理由があった。

兄の私が家業を継ぐことを拒否し、父と諍ったからだった。憤怒した父は自分に逆らった長男を勘当し、もう一人の息子である弟に医学を学ばせ、病院を建てようと目論《もくろ》んだのである。私がその事実を知ったのは、弟の部屋で偶然見つけた日誌からだった。その一節に、弟が私を慕ってくれていたことが書かれていたのに驚いた。私は田舎に居た時も、さほど弟のことを気にかけたこともなかったし、むしろ私の記憶には弟に冷たくしたり、辛《つら》く当ったものしかなかった。たわいもないことで兄弟喧嘩になり、五歳も年下の弟を殴りつける私を、母は情けない兄だと呆れていた。弟が、当時、街で盛んだった野球をしないで、まだ人がルールも知らないサッカーを選んだのは、私が彼とキャッチボールをしていた時、ボールを怖がる弟に腹を立て、さらに速い球を放り、泣いている弟をとうとう殴り付けたことがあったからだ。そんな類《たぐ》いのことは他にもたくさんあったはずだ。なのに弟の方は、近所の子供からいじめられている自分を助けてくれた兄のことしか日誌に綴《つづ》っていなかった。

弟の日誌には、自分を助けてくれた兄が父と諍い、家を出て行き、家業を継ぐことも拒否したので、父が言うように自分は医者になり、病院を建てて貰い、将来、父に許しを乞うて、アフリカや北、南極へ冒険の旅へ出たい。それまで身体だけは鍛えておかなくては……という内容が綴ってあった。私は、その日誌を読み、弟に済まないことをした、と思った。

弟の捜索は、ふたつの台風襲来と重なり、遺体を畳の上に揚げてやるまでに十日余りかかった。

通夜の客が引き揚げた後で、ぽつんと弟の遺体のそばにしゃがみ込んでいた母が、

「この子は六歳の時、一度、引込み線の列車に轢《ひ》かれそうになったことがあった。あの時、私はこの子が死んでしもうたと思った。それがいけなかった気がする……」

と昔話をした。

父は黙したまま蒲団の中の死装束の弟を見つめていた。

弟の死は、私にさまざまなことを考えさせた。何よりも死が、当人の意志、夢や希望、悩みというものと無関係に唐突にやって来て、すべてのものを断ち切るということだった。父は自分の夢を弟に託し、弟は彼なりに夢を見つめていた。それらのものが一瞬にして無になるのだと、若かった私は痛感した。

それまでにも私はいくつかの死を見ていた。幼な友だちの父親が竹藪《たけやぶ》で殺された遺骸《いがい》を目にしたこともあったし、原爆症で仲の良かった少女が亡くなった

こともあった。中学時代には野球部でポジション争いをした同級生が突然、白血病で亡くなったこともあった。

彼等の死と家族の死はやはり違っていた。

身近な人の死というものはすぐに哀切が襲うものではなく、三年、五年を過ぎて、その人の死を忘れかけたような時、何かの折に、苦い記憶や切ないものがあらわれる。別に弟の夢を見たり、亡霊を見たわけではないが、東京での暮らしに破綻《はたん》をきたし、つくづく自分という者の気質《たち》の悪さや品のなさに呆れ果てていた私は、それでも生きることに抗《あらが》い、酒を飲んでは酔いの中に、わずかな望みを見ようとしていた。そんな折、海のそばで暮らしはじめたことが、弟のことを思い出させることになった。

湘南の海はほとんどがおだやかであったが、それでも時折、強い雨風に見舞われ、荒れ狂うことがあった。一日、海鳴りがやまずに白い波頭が逗子の海に

無数に立っていた。そんな夜、私は眠れないことが続いた。時計台の下の、そこだけが屋根から突き出した部屋は雨風がまともに当り、ガラス戸が一晩中ガタガタと音を立てていた。

眠れぬままに、私は東京から持って来た数冊の本を読んだりしていた。その中には大学時代に買い求め、なぜか手元に残っていた中島敦の古本があった。『南島譚』や『光と風と夢』を読んでいても小説の舞台である南方の島を想像しても、外を吹き荒れる海風に搔《か》き消された。

どこかへ酒を飲みに行き、気をまぎらすにも金がなかった。毎週明けに精算の約束だったホテルの宿泊代も滞っていた。

そんな或る日、私は鎌倉へ出かけた。別に用があるわけではなかった。ホテルの下駄履きのままひと駅電車に乗り、鎌倉で降りて、小町や段葛《だんかずら》の径を散策した。

冬の陽差しの中を外国人の観光客が小間物屋の店先を覗いたりしていた。

鶴岡八幡宮にむかって歩いて行くと、むこうから剣道着のままの少年が三人、竹刀を担ぎ、肩から袋をぶらさげ、笑いながらやって来るのが見えた。自分も少年の時、彼等と同じように剣道の稽古《けいこ》の後、友だちと話しながら帰った日があることを思い出した。すれ違った少年たちを振り返り、私はしばらく彼等を眺めていた。

声を掛ける人があった。

「チョウさん、チョウさん」

それは私が社会へ出てしばらく使っていた本名であった。私は声のする方を見た。

「やはり趙さんだ」

白い帽子を被《かぶ》った痩せぎすの男が立っていた。日焼けした顔から白い歯が覗いていた。はて誰だったか……、と顔を見直すと、相手は帽子を脱ぎ、禿《は》げ上がった頭を見せた。その頭で、相手が数年前に一度、仕事をした映像プロダクションの社長だとわかった。

「やあ、どうも……」

「趙さん、お元気でしたか。あの折はいろいろ迷惑をおかけして……」

相手は鎌倉に撮影場所を探しに来ていた。

「今は演出の方はなさってないんですか?」

「ええ、もうやってません」

返答すると、相手は私の足元を見て言った。

「こっちに住んでらっしゃるんですか?」

「ええ、まあ」

「少し、その辺りでお茶でもどうですか?」

言われるままに喫茶店に入り、相手の昔話を聞きながら、彼の会社で製作した短編映画の仕事がトラブルになったことを思い出した。宗教団体がスポンサーの仕事で、フィルムを納品した後になって支払いでトラブルになり、彼と二人で神谷町にある宗教団体の本部へ談判に行ったことがあった。そこで荒事になり、力ずくで金を出させた記憶があった。

「あの時は迷惑をかけました。お蔭で、あの後、残りを集金できまして……」

申し訳なさそうに言った顔を見ていて、この人が突然、その談判の席で泣き出したのを思い出した。それも子供が大声で泣きじゃくるような姿に、私は呆《あっ》気《け》にとられた。

「奥様やお子さんはお元気で？」

「いや、それが……」

私は言葉を濁しながら相手を見ていて、金の話を切り出した。相手は私の話に頷いていた。

「それでおいくら必要なんですか？」

当座の金が必要なのだとだけ言った。相手はしばらく考える素振りをして、振り込み先を訊いた。銀行口座などなかった。

「それじゃ今、泊まってる宿に振り込んでくれませんか？」

私はホテルの電話番号を告げた。

さほど期待をしていなかったが、三日後に金が振り込まれたと、Y女史が連絡して来た。

「その金で宿賃の精算をして下さい」

「わかりました。それで残りのお金はどうしましょうか。少しお持ちになった方がいいでしょう」

Y女史の言い方に、こちらが金がないのを見透かされているのがわかった。

その日の午後、金を振り込んでくれた相手から速達がホテルに届き、以前の仕事の時の演出料ということで返済は無用とあった。金は三十万円だった。

一度しか、それも片手間でしかやっていなかった仕事先の人間が、これほど親切にしてくれるとは思ってもみなかった。私は相手に対する感謝を忘れまいと思った。ところが、この義理が数年後、相手が窮状を訴えて来た折に、何十倍の金を貸してしまう破目になり、失踪《しっそう》された。それでもともかく、その時は相手の恩を胸に刻み込んだ。

精算を終え、十万円をY女史に宿賃の前払いとして渡し、残った十万円を手に、私はまた鎌倉へ出かけた。

その日は鎌倉の海へ出た。逗子と違って、由比ヶ浜の海岸は広く、風の強い日であったので遠くに江の島が浮かんでいるのが見え、稲村ヶ崎の上に富士山の頂きが白く光っていた。

夕刻まで浜辺に居て、稲村ヶ崎に近い辺りから路地に入った。途中、江ノ電の線路を渡ろうとした時、線路の上を鞄を手にしたセールスマン風の男が一人歩いていた。男は鼻歌《はなうた》を歌っていた。楽しげな様子に、男がこれから死のうとしているような気がした。線路を歩く男の姿が、しばらく脳裡《のうり》から離れなかった。

由比ヶ浜の通りに出ると、古本屋が一軒あった。軒先に出したワゴンの中に百円均一の古本があり、それを手にしている内にガラス越しに棚に並べた全集が目に止まった。以前欲しいと思い、置き場所がなかったT書房の『現代日本文学大系』だった。店の中に入り、ずらりと並んだ全集を見上げた。値段を見ると、Y女史に預けた金を足せば手に入る金額だった。

——どうせ酒を飲んで失《う》せる金なら、この本を読んでみようか。

この全集の中の何冊かを大学のゼミの授業で読んでいた。すでに十年以上前のことだったが、大学の野球部を退部し、寮を出た後、初めて下宿した狭い部屋の書棚に表紙のビニールがよじれた、全集の中の何冊かがあった。学生時代は住所不定の暮らしが続いていたから、あの本がどこへ行ったか、記憶になかった。

——本を読む生活は野球部の寮生活が最後だった……。もう十年近く本とは無縁の生活をしていたのか。

私は古本屋の奥へ行き、主人らしき男に全集の名前を言い、安くならないか、と交渉した。少し安くなったが、若いくせに主人の態度は横柄で、下駄履きの自分をひやかしと読んでか、値踏みされているようで腹が立った。

「バラでは買えないのか」

「それは無理だ」

小馬鹿《こばか》にした口のきき方に、私は甲高い声で言った。

「じゃ、さっきの値段で届けてくれ。今は金が十万円しかないから残りは届け先に伝えておく」

「どちらまでお届けするんで？」

「逗子だ。逗子のなぎさホテルだ」

「はあ……」

訝《いぶか》しい顔をする主人に、私は内金の領収書を作って貰い、名前を告げて店を出た。店を出てから、手持ちの金をすべて出してしまったことに気付き、店に戻って、内金を八万円にして貰った。

それから小町通りに行き、鮨屋に入った。その鮨屋の主人もまた無愛想で、客を値踏みしている印象を受けた。私は酒と肴《さかな》を注文し、早々に店を出ようと思った。ビール一本と日本酒二本に刺身を少し注文しただけで、一万二千円と言われた。逆上した。客は私一人だった。私は立ち上がって主人に言った。

「田舎にしてはずいぶんと高級店なんだな」

主人は私を上目遣いに見て、返答した。

「そんなことはありません」

その口のきき方に、また腹が立った。私はなけなしの一万円札を二枚出し、主人を睨み付けたまま傍《かたわ》らに立つ若衆に差し出した。下駄で床を蹴《け》った。頭の中で、この下駄を脱ぎ、主人も店も滅茶苦茶にしてやろうか、と考えていた。

――そんなことをくり返したから、こうなってるんじゃないのか？

頭の隅で声がした。

私は大きく息を吸い込み、ゆっくりと吐き出した。釣りを若衆の手から捥《も》ぎ取るようにしてポケットに仕舞い、店を出た。歩き出すと、また腹が立って来た。途中、酒屋の看板が見え、男たちが屯《たむろ》していた。立飲みで酒を売っているようだった。そこに立ち寄り、立て続けにコップ酒を三杯あおった。それがいけなかった。泥酔して電車賃まで飲んでしまい、訳がわからなくなった。逗子まで線路沿いの道を歩き、ホテルに着いたのは夜半であった。

部屋に入ると、段ボール箱が積んであった。

昼間、注文した文学全集だった。

翌朝、フロントに降りて、I支配人に本の礼を言い、立替え分の話をした。そこでまた呆然《ぼうぜん》とした。本の値段を私は聞き間違えていた。預けておいた金の倍の額が必要だった。

「すみません。すぐに払えないので待って貰えませんか」

「ああ、かまいませんよ。それと、これ」

とちいさなトレーに一万円札が載っていた。

「はあ、何ですか？」

「前払いなんか、必要ありません。金がある時に払って貰えればいいんです。夜中に歩いて帰らないで下さいよ」

I支配人が笑って言った。

昨夜、私は夜勤のRさんに鎌倉で酒を飲み過ぎて、線路沿いを歩いて戻って来たことを腹立ちまぎれに口にしていた。

私はトレーの上の金をじっと見ていた。

第五章　借金

ホテルに住んでいさえすれば食事もできるし、暮らして行くには困らなかった。その上I支配人の計らいか、ホテルの従業員も私のことを何かと気にかけてくれた。

とは言え、金がないのはこころもとなかったので、私は上京して金の工面をすることにした。すでに金を貸してくれるところからはほとんど借り切っていたが、当てがないわけではなかった。

以前金を貸したことがあるTという男が、御茶ノ水駅前で親が経営していたレストランを引き継いでやっているという話を耳にしていた。

Tとは、私が六本木でボディガードのような仕事をしている時に知り合った。当時、売れていたNという名前の映画の美男スターが遊びではじめた〝K〟というサパークラブのマネージャーに気に入られ、私は店の用心棒のようなことをやらされていた。用心棒と言っても、店の中でさしたる揉《も》め事もなく、カウンターの隅に座って酒を飲んでいれば済んだ。Tは撮影所でアルバイトをしてる時に、その俳優と知り合い、鞄持ちのようなことをしていた。東京育ちでM大学のボクシング部にいたTは腕力に自信があり、喧嘩早かったが、気はいい若者だった。初めて逢った時、Tは私を試すように喧嘩を売って来た。店のマネージャーも面白がり、やってみろということになった。毎晩、高級な酒をタダで飲んでる手前、私も立ち上がり、店を出た。凄《すご》みながらむかいの墓地の脇へむかって先に歩くTについて、私は坂道を降りた。あの頃はまだ六本木は通りを外れると暗い空地がいくらもあった。

早足で歩くTに、私は、どこまで行くんだ？　と訊いた。Tは振りむき、店の連中の姿がないのをたしかめると、おい、喧嘩は引き分けということにしよう、と小声で言った。私は呆れてTを見た。けど無傷もおかしいから俺の顔を一発殴ってくれ、と言い顎《あご》を前に突き出した。私は馬鹿らしくなって店へ引き揚げようとした。すると背後で音がした。振りむくと、自分の顔を殴っているTの姿があった。そうしてTは私に駆け寄り、肩に手を回して、よろしくな、と笑った。

しかしTは決して臆病《おくびよう》な若者ではなかった。二人で飲みに行った赤坂のクラブで因縁をつけて来たチンピラ相手に殴り合いをした時など小太りの身体を鮮やかに動かし、数発で相手を倒した。それを見ていて、実際にTとやり合っていたら自分も負かされていたような気がした。

そのTが六本木を縄張りにしていたT会の賭場《とば》で借金をこしらえた。その頃の私は金を使うのは麻雀くらいで、大きくマイナスになることもなかったので金を少し持っていた。持ち金で足りる額であったから、返済がてらTと一緒に賭場へ行った。二組のテーブルでカードによるカブ博奕《ばくち》をしていた。客には女もいて賑わっていた。店に来る顔見知りの男たちもいて、見《ケン》をしているだけでは飽き足らなくなり、Tと二人で数時間遊んで少し浮いて引き揚げた。それから二度、そこへ二人で遊びに行き、二度ともかなりの金額を稼いだ。

そのことが後になって、店のみかじめ料のことでT会と揉めた時に、つまらぬ因縁となった。相手はマネージャーと応対に出た私にむかって、遊ばせてやったのを忘れてるんじゃないだろうな、と言い、そのことを知らなかったマネージャーが怒り出し、私は店から追い出された。Tはそれを知り、謝りに来た。その後、私はソ連大使館の裏手にあった〝東京アメリカンクラブ〟の地下にあるピアノバーに入った。そこにTも顔を出すようになり、一度、別口で金を工面してやった。そんな経緯があったので、Tは何かにつけて、俺にできることがあったらいつでも言ってくれと口にしていた。

そのTが親が経営していたレストランを引き継いだのを、私は下北沢にあるスナックのマスターから耳にしていた。私はスナックのマスターに電話を入れ、Tの連絡先を聞いた。

横須賀線に乗り、ひさしぶりに多摩川を越えた。車窓に密集した住宅やビルが見えはじめ、捨てたはずの街へまた入ろうとする自分が情なく思えた。それでも少しずつ都心へ入って行くと、以前より街が無機質なものに映りはじめ、もうこの街で暮らすことはないのだろうと思った。

Tはひどく太っていた。

その容貌は貫禄《かんろく》がついたというより、贅肉《ぜいにく》が二層も三層もTの身体を覆った感じだった。駅前の古いビルの一階と、地下一階に店はあり、レストランと呼ぶより、学生相手の少し洒落た食堂のような感じだった。

「地下は夜になったらバンドを入れてるんだ。結構いいバンドでね」

一階の窓際のテーブルに座ってTはいかにも経営者風に目の前の調味料のセ

ットの位置を直したり、花を飾った小籠《かご》を指で撫でていた。

妙な異和感があったが、私は単刀直入に金の話を切り出した。

「そうなのか。女房と別れたのか。そりゃ大変だな……。あんたには若い時にずいぶんと世話になったからな……」

言葉の語尾があやふやになるTの会話を聞いて、私は無理ならいいのだが、と立ち上がろうとした。

「いや、待ってくれ。ここに少し居てくれ」

Tは従業員を呼び、私の注文を聞いてくれと言い残して席を立った。ほどなくTは戻って来て、銀行の封筒をテーブルの上に置いた。

「レストランっていうのもやってみると小銭の商売でな。これだけしか用意できないんだ。返済はいつでもいいから……」

私は礼を言って、借用証を書こうとしたが、Tは断わった。

「水臭いことを言うなよ。どうだい、遊んでるのか？　俺の方はもうさっぱりだ。その上、上のガキが厄介な病気になっちまった……」

Tは大きく吐息をついた。

私はテーブルの上の金が入った袋を取りあぐねていた。

「そう言えば、一年前だったか、ほらっ、あんたと二人で横浜へ遊びに行った時に一緒に卓を囲んだSという男と、この坂下の神保町の中華料理屋でばったり逢ったよ。何とかという渾名《あだな》だったよな……」

私はSの顔を思い出し、TにSの渾名を口にした。Tが笑って頷いている時、私は金を胸のポケットに仕舞った。

私はTと別れて、電車に乗り渋谷にむかった。

車窓を流れる外堀沿いの風景を見ながら、金を借りるということは、こんなに後味の悪い思いをするのか、と嫌な気分になった。

Tの姿を思い返して、あれほど気ままに暮らしているふうに見えた男が何か枠の中に嵌《はま》り込んでしまったようで、人は変容するものなのだ、と少し薄気味悪くなった。

　渋谷へむかったのは、もう一人金策の当てがあったからだった。渋谷から下北沢へ出て、相手の家のある北沢まで歩いた。

　そこには私が上京してから世話になった画家のYさんが住んでいた。真面目《まじめ》な人で、私の知り合いの中では数少ない実直な方だった。この人とは素人の俳句の会で初めて逢い、以来何かにつけて、私のことを気にかけてくれていた。

「趙君さ。時々は真面目に仕事をしなくてはいけないよ。僕が思うには、趙君は文章を書く仕事をした方がいいように思うよ」

　そんな話を酒場の隅で訥訥《とつとつ》と話された。

江戸期から大正期の書物をよく読んでいる人で、幸田露伴の小説を大変評価していた。

　私は東京を去る時、Yさんに挨拶《あいさつ》をしていなかったことを思い出し、逗子を出る前に挨拶に伺いたいと連絡を入れておいたが、内実は借金の申し込みをするつもりでいた。

訪ねると食事の支度をして待って下さっていた。夫婦二人暮らしの家で、夫人も大変内気な方だった。

「急だったので何もありませんが……」

と夫人は私の顔を見て言われたが、近所の魚屋から注文したたいそう立派な刺身が大皿に盛ってあった。

「趙君、昨日、新潟から美味しい日本酒が届いてね。誰と飲もうか、と思案していたんだ。いや、絶好の友来たるだよ」

Yさんの嬉しそうに笑う顔を見ていると、なかなか金の話を切り出せなかった。

夜の十時を過ぎて、夫人は先に休まれた。

「ところでこれからどうやって暮らして行くのかね？　当座の暮らしはできているの」

Yさんは唐突に訊いた。

「いや、それが……」

私が頭を掻くと、Yさんは夫人の消えた二階の様子を上目遣いに見ながら、アトリエの傍らにある机の抽《ひ》き出しから、封筒を出してこられた。

「僕もへそくりというものをするんだよ。これが案外とスリルがあってね」

そう言って机の上に封筒を置かれた。

「ほらっ、雑誌の対談なぞあるとね、出版社が現金をよこすんだ。それを女房に内緒でちびちび貯めるんだ。昔の人はこうして女を囲ったんだろうか。これっぽっちじゃ、とても生きたものは繋《つな》ぎ止められないけどね」

私が呆然としていると、

「早く仕舞いなさい。女房が起きて来たら、私が困る」

と目くばせをした。

その金を仕舞って、私はYさんの家を出た。

すでに電車はなくなっていたので、渋谷まで出て、安ホテルに泊まった。

翌日、渋谷から東横線で桜木町へ出た。

横浜の街を見るのはひさしぶりだった。まだ陽も高かったので、本牧へ行ってみることにした。

そこは私が十九歳からの数年を過ごした場所だった。大学の野球部を退めてからしばらくして、私は本牧の小港にあった口入れ業の事務所に転がり込んでいた時期があった。

ベトナム戦争が末期に入り、パリでの和平会談が開かれていた頃だった。テレビ・新聞では、連日〝和平成立か〟〝戦争終結か〟と戦争が終るような報道がなされていたが、横浜の港からベトナムへむけて運び出される兵器の数はピークに達していた。だから口入れ業者も運搬に駆り出される労働者の調達に追われていた。

労働者の賃金も高騰し、その分口入れ業のピンハネ分も大きくなっていた。ベトナム特需の最終幕が降りて、港湾の利権にさまざまな人間が集まっていた。横浜港は拡張に拡張を続け、昼夜工事の音が止まなかった。関西からヤクザの組織が初めて関東に進出し、その先鋒隊が横浜へ看板を張っていた。そんな中で私たちは、景気のおこぼれに与《あずか》り懐が潤った。自然、酒、ギャンブル、女に男たちは走り、私はギャンブルに身を置いた。

見知らぬ者同士が高いレートの麻雀を打ち、競馬、競輪、競艇といった種目にも大勢の男が熱くなっていた。

私は何人かの仲間と麻雀をするようになっていた。その中の一人がSであり、怪しい保険屋をやっていた彼を中心に、解体屋、中古自動車のディーラー、時計職人、チンピラ……等が卓を囲んだ。

今考えても、男たちがまぶしいほど活き活きとして遊んでいた時期だった。

私は、その時代の名残りのようなものにふれたくて、本牧界隈をそぞろ歩いた。

しかし、あの時代の建物はすべて失せ、雀荘も、ベトナム帰還兵目当てに娼《しょう》婦《ふ》たちが並んでいた通りもあとかたもなく消えていた。

街がそっくり消滅していた。

——あの男や女たちはどこへ行ってしまったのだろうか……。

私はせめてどこかに残像があるのではと徘徊したが、何ひとつ見つけることができなかった。

——あの時間までが幻だったのだろうか?

私は新しい埠頭《ふとう》に立って、ペチャリペチャリと波音を立てる海を見つめていた。そうしているうちに私は段々と悪寒のようなものを感じはじめ、逃げるように立ち去った。

根岸から電車に乗り、京浜急行で逗子へ戻った。

車中で私は、あのまま自分が、あの街に居残っていたら、私自身も消滅してしまったのではという恐怖感に襲われた。

その恐怖感がレクイエムに変容して、二十年後に私は『ごろごろ』という小作品を執筆した。

ホテルに戻ると、Y女史から部屋が移ったと言われた。

「えっ、どこにですか？」

「I支配人が、そちらの部屋の方がいい、とおっしゃって二階の角部屋に移しました」

「は、はい……」

私はメイドが案内するままに階段を登り、二階の東端の部屋へ通された。

メイドがドアを開けると、窓のむこうに水平線が見え、部屋の中は光であふれていた。

部屋は入るとすぐに四畳ばかりの赤い絨緞《じゅうたん》を敷いた床があり、そこに洗面場と古い革製のソファーがひとつ置いてあった。

そこから靴を脱いで上る十畳の広さのスペースがあり、座り机がひとつ置かれ、壁際に本棚が備え付けてあった。そこに先日、鎌倉の古書店で買ったT書房の文学全集が綺麗に整理して並べられていた。

「よく勉強なさるんですね」

メイドが書棚を見て言った。

メイドが部屋を出て行くと、私はソファーに腰を下ろし、目前にひろがる逗子の海を眺めた。

それから七年余り、私はこの部屋で過ごすことになり、身体を埋《うず》めるように座ったソファーから、何度となく海を見て暮らした。

背後でドアをノックする音がして、I支配人が入って来た。

「どうですか、この部屋は？」

「いや、いい部屋ですが、私には部屋代が高過ぎるんじゃないかと……」

「そんなことかまいません。ともかくこの部屋が一番過ごし易《やす》いんです。私がこのホテルで一番気に入っている部屋ですから……。休むんだって蒲団の方が楽でしょう」

「はあ……」

「今日は海が特別綺麗だな……」

窓辺に立つI支配人の背中を、私は黙って見つめていた。

数年後、私はこの部屋で初めての小説を書くことになるとは、その時は思ってもいなかった。

第六章　追憶

海が光りかがやき、春の気配に風も雲も、波までが、どこかはなやいでいるように映った。

ホテルに来て、二ヶ月余りが過ぎ、ようやく暮らし振りも落着いていた。とは言え、仕事をしているわけではなかったから、相も変わらず昼間は部屋に寝転がって本を読み、夕刻になると逗子の駅前の酒場に出かけて酒を飲むか、ホテルのロビーの片隅でウィスキーをやっていた。

I支配人とY女史以外のホテルの従業員の顔も少し覚えはじめた。

最初に言葉を交わすようになったのは、エンジニアのKさんだった。エンジニアとは聞こえがいいが、電気工事から外柵《がいさく》の修理、野良猫の餌《えさ》の係までやる、何でも屋であった。何しろホテルは大正期に建てられた建物だったから、初中後《しょっちゅう》いろんなところが故障したり、壊れていた。

昼間、廊下を歩いていて、海岸通りに大型車輌が通り過ぎたかと思うと、建物が震動し、目の前で壁の表面が剝がれ落ちたりした。

古い洋館建ての設計は、さまざまな場所にランプや細工した照明があり、その電球や蛍光灯が切れたり、接触が悪くて点滅を続けていた。

また或る時は、海側の庭の隅の花壇を一日がかりで整え、バラの苗の添え木を立てていたものを、夜中に侵入して来た犬が滅茶苦茶にしていたりした。

Kさんは裸電球を手にして、点滅するランプを見上げたり、剝がれ落ちた壁をじっと見つめていた。

彼は一日中、いつもどこかを修理していた。歳はすでに六十歳を過ぎていたと思うが、黙々と仕事をするKさんの姿からは、Kさんの真面目な人柄が感じられた。

私の部屋に少しずつ本が増え、積み上げておくと掃除の邪魔になるというので、Y女史が本棚を作って備え付けては、と相談して来た。

Kさんは巻尺を手に、私の部屋に来た。

「どこへ棚をこしらえましょうか？」

Kさんは思案し、一番奥の壁半分に二段の組みの本棚を置くのがいいだろうと提案した。

「壁半分じゃ、じきに置き切れなくなるかもな……」

私が言うと、Kさんは、

「それじゃ、本屋になっちまうよ」

と表情を変えずに言った。

「客は来るだろうか？」

私が言うと、Kさんは平然と言った。

「夏は人が多くなるからね」

私たちは互いの顔を見て笑った。

それからホテルの中で顔を合わせると言葉を交わすようになった。

「また、その壁を塗り替えてるの？」

「じきにまた剝がれるだろうけどね……」

「一階の共同風呂の壁が落ちてたよ」

「らしいね……。鼬《いたち》と狸《たぬき》の追い駆けっこだよ。ハッハハハ」

そのKさんが、或る夜、夜勤でフロントにいた。私が遅くにホテルに戻ると、一人っきりでKさんは夜の海を眺めていた。

「お帰りなさい。まだ少し飲むようなら支配人のウィスキーがあるよ」

「今夜は客はいないの？」

「いない。あっ、あなた一人だ。私も少しならつき合うよ」

私は部屋に戻り、衣服を着換えてロビーに降りた。テーブルにウィスキーとグラスが置いてあった。

「Kさんはこのホテルは長く勤めてるの？」

「もう十年になるかな……。それまでは横須賀の方で働いてたんです。少し身体にガタが来ちまってね。あんまり働き過ぎるのもいけないんだね……。それで、ここで技師を募集してたから、I支配人に逢って働くことにしたんだ」

この時の会話では気付かなかったが、このホテルの従業員はほとんどの人がI支配人を慕って働いていた。

「若い時からエンジニアだったんだ？」

「いや、すぐに戦争に行かされて、技師になったのは日本に戻ってからです」

「昭和二十年からか……」

「いや、ロシアに抑留されてたから、日本に戻ったのは昭和二十五年だ。それからだ」

「……そうだったんですか」

私はウィスキーをちびりちびりと舐《な》めるように飲んでいるKさんの横顔を見た。人の事情は聞いてみないとわからないものだ、と思った。さぞ辛いことがあったに違いない。

「抑留は大変だったでしょうね。よく生きて帰られましたよね」

「それが大変じゃなかったんだよ……」

「えっ？　だって大勢の人が亡くなったんでしょう」

私が訊くと、Kさんは照れたように口元に笑みを浮かべて言った。

「それはシベリアや北の方へ行った人たちだね。私は暖かい方に引っ張って行かれたから……」

「ロシアに暖かい所があるんですか？」

「ありますよ。ウズベクの方だね。それは美しい土地で過ごし易いところだった」

「へぇー、そうなんですか……」

私が驚いていると、Kさんがぽつりと言った。

「あそこで暮らした三年間が、私、一番楽しかったな……」

私は思いもよらぬKさんの言葉に、年老いた顔をまじまじと見返した。その表情からは、至福の時間を懐かしむような、穏やかなものが伝わって来た。

その夜、私はKさんのウズベクでの抑留の話を聞いた。それは奇妙な話であったが、人の生がほんの些細《ささい》なことが原因で、まるで違ったものになり、抑留という耳にしただけで悲惨に感じられるものの中にも、ぬくもりのある時間もあったのだと、あらためて人間の奇妙さを考えさせられた。

話し終えたKさんは腕時計を見て、

「いや、こんな時刻になっちまった。つまらない話につき合わせてすみませんでした。忘れて下さい」

と頭を掻いて、グラスを片付けた。

K青年は十八歳で軍隊に召集され、中国各地を転戦した後、大連の近くで終戦を迎えた。上官の命により、武装解除され、公民学校へ部隊は入った。戦争に敗れたという噂がひろがっていたが、何が何やら訳がわからなかった。天気が良い日で、窓から流れる雲を眺めていたら、いきなりソ連兵が公民学校へ入って来た。腕の付け根まで没収した腕時計を嵌《は》めて部隊全員を睨み付けていた。上官が、そのソ連兵に最敬礼するのを見て、昨日までと何かが変わったと思った。

十日ほどして駅に連れて行かれ、そこで貨車に乗せられた。足も伸ばせない車輌の中で走っては停車し、停車しては走ることをくり返し、食事は野営してしのぎ、一ヶ月近く過ぎて、広い荒野で全員が下車させられ、そこから歩いて駅らしき場所に行った。その頃は自分たちが捕虜になったことがわかり、逃亡を考える上官もいたが、武器もなく、外は見渡す限りの荒野で地理もわからず諦《あきら》めた。

数日、駅のそばで野営をしていた。次から次に他の部隊の捕虜たちが集まり、こんなに同胞の兵隊が中支にいたのかと驚いた。その捕虜は皆押し黙り、同じような表情をしていた。K青年は自分も同じ顔をしているのだろうと思った。柵もない荒地に捕虜たちはしゃがみ込んで何かを待たされていた。すでに九月の末になっており、夜はかなり冷え込む、あちこちで咳《せき》の音がした。捕虜たちにはすでに統制がなく、衣服の盗難が頻繁に起きた。さらに北へ連行される噂があり、飢えと寒さから身を守ることを捕虜たちは考えはじめていた。

K青年は二年半の軍隊生活で、この土地で生き残るのに大切なのは頑丈な肉体を保つことで、一が食事を丁寧に摂ること、二が睡眠、そして三に足を大事にすることを自分に言い聞かせ、そのために靴の手入れをいつもしていた。最初の休暇で街へ出た時も革製の靴を買い求めたし、戦死した兵隊の靴を譲って貰い手入れして履いていた。捕虜になってからも、代替の靴を大事に仕舞っていた。

　或る日、その靴が野営の炊事をしている時に盗まれた。必死になって探したが誰も靴を出す者などなかった。数日後、半数の部隊が着いた貨車の前に整列させられ、いよいよ北へ輸送されることになった。部隊の連中と整列していると、先に貨車に乗せられる他の部隊が目の前を通り過ぎて行った。その捕虜たちの中の一人の兵の背嚢《はいのう》に靴が結《ゆわ》えられていた。K青年は、それが自分の盗まれた靴だと一目でわかった。ふてぶてしい顔をした古年兵だった。どうしたらいいものか、と思いあぐねていたが、もう戦争は終り、上等兵も何もないのだと、整列から飛び出し、その部隊を追った。背後で怒声が聞こえたが、かまうものかと貨車に乗り込み、その兵の背嚢を摑んで、それは私の靴だ、返せ、と怒鳴った瞬間、背後から首を摑まれて引きずり降ろされた。そうしてソ連兵に殴り付けられ、気を失った。

　目覚めると部隊の兵たちの姿はなく、ソ連兵に引きずられるように二十数人の捕虜が並ぶ列に入れられた。誰一人知っている顔はなく、夕刻着いた貨車に乗せられた。それから二ヶ月近く貨車に揺られ、着いたのは中支とは様子がまるで違う緑の牧草地帯で、五人の兵たちと夜明けの野の真ん中に置き去りにされた。やがて迎えの男たちが来て、トラックに乗せられて煉瓦《れんが》造りの工場の隅に入れられた。ほどなく出された食事に肉、パンがあったのに驚いたし、それまでと違ってその量も比べものにならないほど多かった。殺す前にせめて腹を一杯にさせようってことか、と一人の兵が呟いた。

しかし兵隊の想像と、それからの捕虜としての労働と生活はまるで違っていた。村人は労役分の食事と休養を兵たちに与えた。ウズベクの気候は冬でも過ごし易かった。K青年はそれまでの二年半の軍隊生活と比べると、そこは天国のように思えた。

煉瓦工場の新工場を建て、子供の校舎を建て、橋梁《きょうりょう》建設、駅舎の修復……秋には向日葵《ひまわり》の油種の収穫の手伝いまでした。

私は夜半、部屋に戻り、Kさんから聞いた話を思い返していた。

「向日葵の花が咲く季節になると、それは美しいものでした。丘一面が花の色でかがやいているんです。あんな美しいものは見たことがありません……」

しみじみと捕虜生活のことを語るKさんを見ていて、ウズベクで過ごした時間をいつまでも忘れられないのかもしれないと思った。

薄暗い部屋の天井に、兵の背中で揺れ動く靴と、夏風の中で色彩の海のようにきらめく向日葵の花が重なった。

――人の生はどこでどうなるのかわからないものなんだ……。

私は呟きながら、波の音を聞いていた。

次に話をするようになったのは、Fという七十歳を過ぎた老人で、庭の掃除をしたり、Kさんの仕事を手伝って材木を運んだりする、パートで雑役係をする男だった。

日焼けした顔で、老人が外場《そとば》の力仕事をして来た人間だとわかった。

声の大きい老人で、ひどい訛《なま》りがあった。

「これは重いべや。二人じゃかかえられないっぺぇー」

その声に二階の部屋から、海側の庭を覗くと、材木を足元に置いて、Fさんが首を横に振り、笑っていた。生真面目《きまじめ》なKさんが運ぶようにうながしても、Fさんは、

「よしなって、おめえ、ぎっくり腰になっちまうべ」

といっこうに働こうとしない。

部屋の係のメイドにFさんのことを訊くと、いきなり笑い出して言った。

「あの人、おかしいでしょう。失敗ばかりやらかして、いつもY女史に叱られてるの。でもしようがないのよ。あの人は漁師だったんだもの」

「へえー、そうなの」

「ほらっ、そこの山を越えた小坪でずっと漁師をやっていたのよ。陸《おか》に揚がったら何もわからないもの……」

「ふぅーん」

そのFさんが、或る時、開け放っていたドアから首を出し、私の部屋を覗き込んだ。

「おめえ、何やってるだ？」

いきなり背後で声がして、本を読んでいた私は飛び上がった。

「ああ、びっくりした……」

「おめえ、ずっと部屋にいるのか？」

私が読んでいた本を覗き込んで言った。

「勉強してんのか？　これを全部読んだのか？」

Fさんは部屋の本棚に置いた全集を腕組みして眺めて、唸《うな》り声を上げた。

「全部は読んでいないよ。これから少しずつ読もうと思ってるんだ」

「そりゃ大変だな……」

「小坪の漁師だったんだってね」

私が訊くと、嬉しそうに笑った。

「そうだ。誰から聞いたんだ。俺は漁師だ。去年、ちょっと身体の塩梅《あんばい》が悪くなっちまって陸に揚がったんだ。おめえ、小坪を知ってるか?」

「ああ、一度行ったよ。サナトリウムの先にある漁港だよね」

「そうだ。あそこが俺の浜だ。五十年、俺は海へ出ていたんだ」

Fさんは五本の指を突き出し、胸を張って言った。

海で生きて来たことが、Fさんの何よりの自慢と誇りであることが、その仕種《しぐさ》で伝わって来た。

「しかしよう。一日、いい若い者《もん》が、部屋で勉強ばかりしてちゃ身体に悪いぞ。どうだ? 海でも連れてってやろうか?」

「いいね。海か……。船があるの?」

私が訊くと、Ｆさんの顔が急に曇《くも》った。

「いや、船は売っぱらった……。まだ充分に乗れたんだが……」

「そう……」

「おめえ、海は好きか？」

「ああ、私の家は裏庭から走り出せば、すぐ海へ飛び込めたんだ」

「そうか。それじゃ、海は好きだべな。海はいいよな」

「うん、いいよね」

Ｆさんは窓から春の海を見ていた。

どこか海へまた帰りたいような表情が見て取れた。

第七章　最終選考

春が盛りになりホテルは少しずつ賑わいはじめた。

初夏から、梅雨の声を聞きはじめると、どの部屋からも客の気配がするようになった。やがて海開きが行なわれると、廊下を走る子供の足音や、海側の庭で花火に興じたり、夜遅くまで酒を飲んだりする客の楽しげな声であふれるようになった。

冬の静けさが嘘のように、ホテルは活気付いた。のんびりしていた年老いた従業員たちも日中忙しく立ち働いていた。

客の中には、このホテルを何十年も利用している常連たちもおり、親子三代にわたって、毎年夏に避暑にやって来る人たちもいた。

そんな客の目に、常宿している私の存在は奇異に映ったらしく、どこか他所者を見るような視線を感じた。

大学の野球部へ誘われて上京してから、すでに十年近くが経《た》っていた。その間、私は東京でさまざまな人たちを見て来た。善い人も大勢いたが、不愉快になる人たちもいた。中でも私が嫌悪したのは、自分たちが上層階級に生きていると思っている人たちで、例えば旧華族と称された人種だった。華族と言ってもほとんどは明治維新以降、薩長出身者からなる政府に取り入った政商や世渡りの上手かった連中である。それに政府の中枢にいた者も元々郷士や小作農の倅《せがれ》が大半で、維新の基礎を作った吉田松陰、高杉晋作、坂本龍馬、西郷隆盛といった人物たちは皆死んでいたのである。

私が生まれ育った長州（山口県）などは、明治以降、多くの大臣を輩出しているが、よくよく彼等の行なった政治を調べてみると碌《ろく》な政治家は出ておらず、それはつい最近の岸、佐藤の兄弟総理まで続いていた。彼等政治家を尊敬する長州人を見ていて、虫酸《むしず》が走った。

上京してからも、同じように華族を気取る人種に逢うことがあった。見ていて品性の欠《かけ》らもない連中で、どこにもこの手の輩《やから》はいるのだと思った。

かと言ってすべての東京人が嫌いだったわけではなかった。何人かの人たちに、私は自分にはない品の良さやシャイなものを見つけ、田舎者とは違う洒落た感覚に感心した。前述した画家のYさんなどは、その典型だった。

真夏になると、ホテルの騒ぎは異様になった。

或る朝、私の部屋の窓から庭を見下ろすと、そこにノーブラの女性が立って、耳飾り（今はピアスと呼ぶが）をした男性とビーチボールで遊んでいた。これにはさすがにホテルの従業員も驚いたようで、すぐにY副支配人が二人に駆け寄って注意をしていた。

夜遅くまで続く騒ぎが、少し気になったのは、夏の初めから、私は小説を書きはじめていたからだった。

私は別に、若い時に小説を書こうと決心したこともなかったし、それを職業とするなどとは考えたこともなかった。

たしかに大学の野球部に入部した時、何冊か詩集と文学全集を持っていて、それを当時のマネージャーから驚かれ、

「君は本当にこんなものを読んでるのか？」

と尋ねられた。

私にすれば、高校時代に読書に親しんだこともあり、その本の何冊かは高校の野球部の部長だったM先生が読むように餞別《せんべつ》に下さったものだった。

マネージャーはM先生の手垢の付いた本を私の書棚から取り出して、私を見た。

「〝カント純粋理性批判〟……、本当かよ」

「いいえ、それは自分にもよくわかりません。少しずつ読んで行ければと思ってます」

私が答えると、マネージャーは言った。

「おまえはこれを野球の練習の後に読もうとしているのか……」

すぐに私が変人だという噂が野球部の寮内にひろがった。

ただ私は文章を書くことが嫌いではなかった。短気で自分勝手な性格は人と話していて、必要以上に興奮してしまい、諍いになることが子供の時から多かった。そこで母親は私に日記を書くようにすすめた。長続きはしなかったが、文章を書きながら自分の感情を整理する癖が少し身に付いていたのかもしれない。

大学の専攻が日本文学であった。

これとてマネージャーの方から文学部へ行ってくれと指示があったせいだった。というのは、私は野球部のセレクションと呼ばれる技能試験を受けて、その成績が上位だったので、入学試験に体育会から特別なプラス点を貰って三学部（経済、経営、文学）を受けていた。三部とも合格したが、文学部を受験していたのが私一人で、他の選手の枠の関係で文学部に回された。これも今になって考えてみれば奇妙な偶然だった気もする。

ゼミは現代文学と中国文学を取り、中島敦、司馬遷を専攻した。司馬遷は厄介で途中で投げ出したが、中島敦は興味が持てた。小田切進、瀬沼茂樹、野口定男といった教授陣の授業を受けた。

社会人になってほどなく、私は雑誌の中に文章の公募を見つけ、その賞品が欲しくて、雑文の原稿を書いたことがあった。

一ヶ月の間にみっつの募集に応募した。

ひとつは男性ファッション誌の公募でスポンサーはエールフランス航空だった。葉書き一枚に太平洋のイメージを書けというもので、特等がタヒチへの招待だった。ふたつめが若い女性誌の三周年記念の公募で旅をテーマに四百字原稿用紙五枚に旅の思い出を書けというものだった。特賞一席は十万円の旅行クーポンだった。みっつめも女性誌で（これは当時、私が広告代理店のメディア部で雑誌担当をしていたので、それらの雑誌に目を通すのも仕事だったからだ）、これも簡単なものだった。

応募して数ヶ月が経ち、ひとつめは千人余りの作品の中で特賞。ふたつめは三千人余りの中で、これも特賞一席で、女性作家の評までが掲載された。みっつめは三等の佳作だった。

ところがタヒチ旅行は会社に休暇を貰わないと参加できず、上司に事情を話すと、すぐに社長にまで話が上がり、社内で紹介された。別に有頂天になっていたわけではないが、その折に、或る先輩から呼ばれて忠告を受けた。

「君の文章は読ませて貰ったが、もうあんな応募に出すのは止めなさい。文才があるのだろうから、きちんとしたものを書きなさい」

「きちんとしたものって何ですか？」

「小説だよ。文章というものは売るものではないんだ。君はいずれ小説を書くべきだと思う」

「はあ……」

その時、文章を売ってはいけない、という意味さえわかっていなかった。コマーシャルの企画、舞台の演出、構成などをはじめた時も、文章とコンテで仕上げる癖がついており、それが案外と評判が良かった。そんなこともあり、文章を書くことに慣れていた。

ホテルに住むようになって、私は小説を少し系統だてて読もうと思った。それでT書房の日本現代文学全集を古書店で買い、四十巻余りを、その冬にほぼ読み終えていた。だからと言って小説が理解できていたわけではなかったが、ひとつわかったことは、私が好む現代小説は、物語の中に作家自身が書かれているということと、作家が見たものを丁寧に描写しているということだった。それまで私が考えていた小説の概念とは違うものだった。

ぽつぽつと原稿用紙を前に作業をはじめた。

ところがすぐに文章は止まってしまう。そんな日々がくり返される中で、私は何か特別なものを書くことなど自分には到底無理だし、身辺にあるものを素直に書くしかないと考えるようになっていた。

その頃、私にはつき合っている若い女性が一人いた。

彼女とはコマーシャルの演出をしている折、初めて逢った。その後、彼女は女優の道を選んだ。一年後に再会、時折逢うようになった。

私がホテルに住んで半年目に、ひさしぶりに逢った。

丁度、その頃、私は鎌倉にある鮨屋の夫婦に親切にして貰っていた。

私たちはその鮨屋で食事をすることがあった。

とはいえ、順調に夢にむかって歩んでいる彼女に対して、私の方は定職を持たない、海のものとも山のものともわからぬ飲んだくれの若者だった。だからどうせ長くは続かない交際と思っていた。

私は自分が置かれた厄介な状況の中で、先のまるで見えない小説にむかいはじめていた。

夏が終るまでに三十枚余りの短編をひとつ、どうにか書き上げた。それはこのホテルで見かけた、あの奇妙な女性の話だった。

数十年前の、栄光の日々であった駐留軍の将校との時間が忘れられない中年女と、女に興味を抱く若者の話だった。この小説を書くきっかけは、このホテルが戦後すぐに駐留軍の将校たちの宿舎となり、夏期の海水浴の折も、逗子の海がロープで仕切られ、将校たちが遊ぶ水域と、日本人の水域が違っていたのを古い従業員から聞いたことだった。

秋になり、私は次の作品を書きはじめた。

それは私の父の話だった。昔、父と母が二人で七夕の笹《ささ》飾りに使う笹を山奥まで取りに出かけ、そこで父が崖《がけ》から足を滑《す》べらせ、木の途中で引っかかり、母が木樵《きこ》りに助けを求めに行った話だった。この話は実際にあった話で、父は百キロ近い身体を松の木にかけた片手一本で支えて、一時間余り、母の助けを待っていた。帰宅した父を診た医者が、腕のじん帯が切れているのを見て、その生命力に驚いていた。

私はその話を父と幼い息子の設定で書きはじめた。約半年かかって、四十枚余りの短編を書き終えた。

そして最後に、死んだ弟の話を書いた。海難事故で死んだ弟が、死亡してから魂だけが水面に浮かんで来て、自分を捜索している家族の様子を描いたものだった。

『緑瞳の椅子』、『皐月』、『十七階段』。

それぞれのタイトルである。

私はこの小説と呼べるかどうかも怪しい、拙《つたな》い作品を、みっつの小説新人賞の公募へ送った。『皐月』だけを、中間小説誌と呼ばれる「小説現代」(講談社）へ送り、残るふたつは純文学系の小説誌に送った。

　それまで私が読んでいた小説はどちらかというと、純文学系の作家のものが多かった。なぜ『皐月』だけを、そちらの系統の小説誌に送ったのか、今もはっきりとした理由はわからないが、選考委員の一人に結城昌治氏がいて、その人の作品が好きだったせいかもしれない。

　純文学系は二次予選も通過しなかったが、『皐月』の方は最終選考まで残った。

　その報《しら》せの手紙が届き、ほどなく担当者のTさんからホテルに電話が入った。

「私、講談社、小説現代のTと申しますが、先日、送りました書類がまだ届いていないのですが……」

　Tさんは最初、応募者の住所がホテルの名前になっていたので、てっきりホテルの従業員だと思っていたそうだ。

　Tさんが電話で催促した書類の中に、当人の写真が必要なものがあった。これはもし新人賞を受賞した時に本人の写真を掲載するのが慣例になっていたためだった。

「実は写真がないんです」

「そうですか。では近くで撮って来て下さい」

「写真を撮るのが嫌いなんです」

「……嫌いって、あなた……」

奇妙な問答が続き、Tさんは一度上京した折に逢ってくれないかと言った。

暮れの押しせまった午後、私は生まれて初めて出版社を訪ねた。

音羽にある講談社は大理石の立派な建物で、案内嬢に一階の応接室に通された。

——まるで裁判所みたいな建物だな。

やがて一人の小柄な若者が特徴のある大きな瞳で、私をじっと見て言った。

「趙さんですか？」

「はい、趙です」

私は募集小説を、趙という韓国名で提出していた。

「大きな身体をしてますね。何か運動をやってたんですか？」

「ええ少し野球をやってました」

「ああ、高校か何かで？」

「いいえ、大学の野球部で……」

「へぇー、そりゃ、本格的だな。僕も時々、会社の野球部でやります。もっとも草野球ですが、やっぱり楽しいもんですね」

そう言ってTさんは白い歯を見せた。

――いい人だな。

私はTさんの一言で少し緊張がとけた。

しかしすぐに二人とも黙り込んだ。というのは、私が写真を提出するのが嫌だ、と言い出し、どうして小説に写真が必要なのか、と詰め寄るなどいつもの悪い癖を出してしまったからだ。そうして最後には、私はとんでもないことを口にしていた。

「もういいです。ここまで残っただけでも思い出になりましたから、候補を止めて貰ってかまいません」

Tさんはしばらく考え込んだ後で、真面目な顔でこう言った。

「私があなたに逢っているのは、あの小説を好きだからです。同じように考えた人が編集部にはいます。できればこの小説が新人賞を受賞し、もっと大勢の人に読んで貰えれば、と思います。小説は人に読んで貰って初めて、その小説に生命が入るんですよ。あなたにも小説に対する考えがあるでしょうが、一人でも多くの人に自分の小説を読んで貰うにはまず規則の写真が必要なんです」

その言葉に、私は何も言い返せず、少し考えてみますと言って、逗子へ引き揚げた。

写真は逗子の写真館で撮った。

新人賞の選考会では、選者の大半に私の作品は無視された。中には、新人がなぜこんな明治、大正時代の副読本のような小説を書くのだとこきおろした選者もいた。

ただ結城昌治さんだけが、私はこんな作品が好きだ、と発言されていた。

第八章　転機

『皐月』という作品は、小説誌の新人賞の最終選考会で落選した。数日後、私が初めて逢った編集者のTさんから電話を貰った。

「ともかく最終選考まで残ったのですから、大変でしょうが、今後も小説を書いて下さい」

この大変でしょうが、の本当の意味がわかるのは、それから何年も先のことだった。

前の年に『皐月』を含めて三編の短編を何とか書いて、各小説誌の新人賞に応募したが、残る二編は二次予選さえ通過しなかった。この結果が、後に私の書く小説の肌合いを決めることになった。

——自分の小説の肌合いは、どうもあちら（純文学系と称される世界）とは違うらしい。

漠然と、そんな思いを抱いたのだが、今にして思えば、このことは私にとって幸運であった。小説は、書くべき（むかうべき）対象の本質を見つめ、執筆をはじめれば、そこに純文学も大衆文学もなく、領域を決めること自体が陳腐であるのだが、まだ一度切りの応募原稿を書いて送った私には日本の奇妙な文学の在《あ》り方は理解できず、そういうふたつの世界が在るのだろう、と思っていた。

落選してもさほど気落ちはしなかった。それは、子供の時から母がよく私に言っていた、

——あなたは少し呑気なところがあるから……。

という私の性格もあったのかもしれない。

Tさんは、今後も書いて下さい、と電話で言ったが、何を書いてよいのやらわからなかった。

そんな折、五月を過ぎた或る日、落選した小説誌の編集長と名乗る人から連絡があり、一度逢えないか、と言われた。用件もわからず上京すると、相手のK編集長が、私の落選作を掲載したいと申し出た。

「ああ、そうですか……」

私はぼんやりと返答した。

K編集長は、通常、新人賞に応募して落選した作品を雑誌に掲載することは異例で、それでも私の作品をどうしても掲載したい、と熱っぽく語っていた。

そうして話の最後に、

「作品中に登場して来る、山の入口の家で若い母親が抱いている赤児は、主人公の父親が産ませたんでしょう？」

と私の顔を覗き込むようにして訊かれた。

私は単純に父と子をテーマにしたものを書いていたので、そこまで深い意味は考えていなかったから、訝しい顔で編集長を見返した。

「いや、敢えておっしゃらなくてもいいんです。読めばわかるんですよ……。でも掲載されれば、きっと反響がありますよ」

彼は一人合点したように笑って頷いた。

――いろんな読み方をする人がいるんだな。

と私は少し驚いた。

その年の夏、私の作品が小説誌に掲載された。何の反響もなかった。地味な内容の作品だから、当然のことだった。

秋の初めに、K編集長と再会し、その席に若いN君はいた。

「彼はNと言いまして、うちの編集部の新人です。出身地が久留米なので、あなたの作品世界がよくわかると思いまして、担当をして貰うことにしました」

痩身で、まだ瑞々《みずみず》しさの残るN君が丁寧にお辞儀した。

「今度、担当をさせていただきます、Nです。どうぞよろしくお願いします」

——担当者？　何のことだ……。

私はぽかんとしてN君を見ていた。

この時から二十数年におよぶN君との長いつき合いがはじまるのだが、その時はまさか二人が、小説を通じて、さまざまな時間を過ごすようになるとは、私も彼も思ってもいなかった。

「どうでしょう？　来月までに五十枚くらいの短編を一編いただけませんか？」

K編集長が言った。

「はあ……」

私が生返事していると、

「頼みますよ。五十枚。いいものを書いて下さい」

とK編集長は強引に決めて、次の約束があるので、と私とN君を置いて席を立った。

何の話題もなく、私たちは互いの田舎の話などをして別れた。

「では来月になったらまた連絡します」

N君は言ったが、その五十枚の原稿を渡すことができたのは、それから三年後のことだった。N君は、その間、辛抱強く、私の原稿が上がるのを待ってくれた。

その作品は、最初、『チヌの歯』という題名で雑誌に掲載され、後に私の処女出版の短編集『三年坂』の中に『チヌの月』と改題されて収められた。

さて、その小説誌に掲載された時、私は生まれて初めて、原稿料なるものを貰った。

私は、その金額の少なさに正直、驚いた。勿論、新人で、原稿料も一番下のクラスであり、五十枚の短編ということもあったが、銀行に振り込まれた金額を見て、私は呆然とした。

——三年経《かか》って、何十回も書き直し、やっと仕上げて、この原稿料では暮らしていけないではないか。どこが作家が高収入なんだ……。

私は、そのことをN君に打ち明けた。別離した元妻と二人の娘への送金が毎月あり、その他にもホテルの滞在費を含めて、何かと金が入り用で、いつも借金に追われている状態だった。

「いや、そうなんです。新人の人は皆大変なんです。あの……」

「何だい？」

「もしよろしかったら、僕、ボーナスが出たばかりなんで少しでよかったら……」

——えっ、君が私に金を貸そうというのか？

私はN君の顔を見返した。

「君、そんなに金があるの？」

「ええ、少しくらいなら」

「少しっていくら？」

N君が口にした金額を聞いて、私は二の句を継げることができなかった。それでも独身とは言え、海のものとも山のものともわからない私に大事なボーナスから金を貸してくれるというN君のこころ遣いは嬉しかった。

黙っている私にむかってN君が言った。

「足りませんかね？」

「いや、歳下の君から金を借りるわけにはいかないよ」

「焼け石に水ですか……」

N君の言葉に私は笑い出した。

それでも私は、その時、小説好きでK社に入社し、文芸担当になったN君の純粋な気持ちに感激した。

ホテルの滞在も二年目に入り、私は何かで収入を得ないことには暮らして行けないので、上京しては知人を訪ね、何でもいいから仕事を引き受けるようにした。

当然、その仕事の中には、広告の企画やCFの演出などとはかけ離れたものもあり、半分ヤクザまがいの荒っぽいものもあった。胸の内ではうしろめたさもあったが、必要に迫られているのだから目をつむって引き受けた。

ただ救いは、このホテルの滞在費を一年が過ぎるあたりから、I支配人が、いつでもいいからと取り立てなくなっていた。

「いいんですよ。やりたいことをなさりなさい。こんなちっぽけなホテルの部屋代なぞ何とでもなります」

I支配人は笑って言ってくれた。

金のことにシビアであったY副支配人までが、その頃には私のことを何かと面倒を見てくれはじめていた。二人の後押しがあってか、ホテルの従業員たちも、私には特別良くしてくれた。ホテルにはレストランがひとつしかなく、食事をするのにもメニューの限界があったし、ホテルの食事はサービス料、税金が加わり割高になった。そのことを心配して、I支配人が、ホテルの従業員たちが昼、夜、食事をする、従業員の賄《まかな》い食を食べるようにすすめてくれた。

ホテルの裏手にあった従業員用のちいさな食堂へ行き、私は食事を摂るようになった。

それでも金はいつも不足し、小説に時間を費やすことなどできなかった。

そんな時に一人の男が、知人の紹介でホテルまでやって来た。

Hと名乗る同じ歳位のスニーカーを履いてあらわれた男は、いきなり私に言った。

「作詞をしてくれませんか?」

――作詞?

私は男の申し出に、何を言い出すんだ、この男は、と日焼けした顔を見た。

Hは、それまで、或る有名な作詞家のマネージャーを長年続け、そこのマネージメント会社の社長と折合いが悪くなり、独立しようとしていた。Hは、私のことを友人から聞き、どうして、私を見込んだのかわからぬが、唐突に話を切り出した。

それからHは数ヶ月に一度、東京から車に乗ってホテルにやって来た。見るからに生真面目な、丁寧な話し方をする男だったが、根は陽気な性格に思えた。何度かホテルを訪ねて来るHを連れて、私は鎌倉の馴染みの鮨屋へ出かけた。

「悪いね、何度も足を運んで貰って、何ひとつ仕事ができなくて……」

「いや、いいんですよ。私も、こうして海の見える所へ来ると気が休まりますから……」

数歳年上のHは、私が仕事を引き受けないことを別にかまわないふうに言った。その気遣いのせいか、私もたまに逢っても気楽に話すことができた。

「ところでHさんは、あの有名な作詞家のA先生のマネージャーをやっていたんだろう。ああいう人でいったいどのくらい稼ぐもんなんだい？」

「そうですね。A先生の場合が去年×億円くらいかね」

「えっ？」

私は、その金額を聞いて、手にしていたグラスをカウンターに置き直した。

「今、いくらって言ったの？」

「ええ、ですから×億円って……。でもA先生の場合、もっとすごいのは、その金額がもう一生ずっと続くってことです」

「一生ってどういうこと？」

「ですから印税ですよ。たぶんA先生の孫の代まで続くんじゃないかな……」

目を丸くしてHを眺める私を鮨屋の主人が見ていた。

「Hさん、どうして、それを早く言わなかったの」

「何のことです？」

「だから、作詞家の収入のことだよ」

「あれっ、前に話しませんでしたか……。あなたが他の仕事が忙しいって言ってたから、まだ興味がないんだな、と思って……」

Hは素っ気なく言った。

鮨屋からの帰り道、私はHに、作詞の仕事を引き受ける約束をした。

荒っぽい仕事のことを書いたが、詳しく書くと迷惑をかける人間も出て来るし、私自身を卑しく見られるのはかまわないが、そこに関った数人とは今もつき合いがあり、現在はちゃんとした家庭を持っていたりするので、中途半端な表現になるが、例えば金銭の受け渡しの現場に付添うとか、公にできない品物の買い付けをしたりというブローカーまがいの仕事もあったし、人を脅かしている現場に立ち会うようなこともあった。それが世間から邪悪と呼ばれることであっても、私には取り敢えず、すぐに手に取る金が必要だった。

N君が待ってくれている小説にしても、Hがすすめる作詞の仕事にしても、それらの収入は何かひとつの仕事をやり終えても、金を手にするのは半年も一年も先のことだった。〝印税生活〟と呼ばれる職種はいかにも楽なように思われるが、それは売れっ子と称される一部の人たちのことでしかなかった。

ただ作詞に関しては、私は運が良かった。仕事を始めて数年もしないうちにヒット曲を数曲書くことができたし、Hの業界での営業力はたいしたもので、新人の私はいきなりピンクレディー、岩崎宏美、内山田洋とクール・ファイブ、狩人……に続いて、当時、アイドルとして人気が急上昇していた〝たのきんトリオ〟の中の近藤真彦の詞を手がけることができた。しかしその仕事とて、手元に金が入るようになるのはずいぶんと先のことだった。

その歌謡界の関係ではないが、或る時、知人を通して、何人かのアーティストと呼ばれる歌手を紹介され、何の拍子か、彼等からステージの演出の仕事を依頼されるようになった。

最初は〝ユーミン〟という名称で、今も人気歌手の女性の舞台だった。

正直、私は彼女の存在すら知らなかった。〝ニュー・ミュージック〟という言葉も知らなければ、彼女のヒット曲の何ひとつ口ずさんだことがなかった。

ただ彼女のスタッフの中に、Kという青年とマネージャーにGという女性がいた。この二人に逢って、私は仕事を引き受ける気になった。

私より歳下のKもGも、どういうわけか、私によくしてくれた。女性のGは男っぽい性格で、私が金に困っているとわかると、どこからか金を用立てて上着のポケットに入れてくれた。Kの方はサラリーマンからこの世界に転職し、よほど水があったのか、いつも活き活きとしていた。少しおっちょこちょいの所もあったが、下町生まれの気のいい性格で、〝遊び人〟に憧《あこが》れて生きている節があった。そんなKの目に、私は恰好の〝遊び人〟に映ったのかもしれない。Kは私によくつくしてくれた。私の方も弟を亡くしていたから、歳下のKから慕われているのが嬉しい気がした。

歌手の方は結婚して、少し仕事を休んでいたらしく、デビュー時ほどの人気はなかったが、一から出発しようと皆意気込みが感じられ、不慣れな私にもどこか仕事の甲斐《かい》のようなものがあった。

それまでコンサートの演出などしたことはなかったが、私はコマーシャル・フィルムを制作するように、企画意図を原稿に書くことからはじめ、一曲ずつのシーンをコンテで仕上げて行った。

当時、まだコンサートの仕切りは興行師たちの範疇《はんちゅう》の中にあり、制作と言っても、テレビ局やラジオ局のディレクターがアルバイト替わりに曲順だけを決めて、それで制作が完了するような現状だった。ただ新しい人たちは海外のアーティストたちのコンサートを観に行き、自分たち独自のステージをやろうとしていた。コンサートが過渡期にあった。そんな時期に引き受けたことと、歌手とスタッフがまだ若く、年長者の私に協力してくれたことも、仕事がスムーズに行った原因だった。

第九章　湯煙りの中で

ホテルに暮らすようになり、三度目の冬を迎えていたが、私の生活は相変わらず、孑孑《ぼうふら》のようにふわふわとしていた。

晩秋から冬になると、逗子の海は、夏の喧噪《けんそう》が嘘のように静かになった。天気の良い週末に、遠出して来たカップルを一、二組見かける程度で、寒風が続くと渚は寂寞《せきばく》として、まことに情緒があった。

「私は、この冬の逗子の海が好きでね……」

I支配人は仕事が終る夕暮れ、フロントの回転椅子を海の方角にむけて、じっと暮れ泥《なず》む冬の海を眺めていた。

私たちは、そんな静かな冬の夜、二人して酒を飲むことがあった。

I支配人は、数年前、長い間の酒好きが祟《たた》ってか、胃の大半を切削する手術をしていた。以来、医師から酒を断つように宣告されていたが、家族の方やY副支配人の監視の目を逃がれて、酒を飲むことがあった。

「私が酒を覚えたのは、海の上なんです」

或る夜、I支配人は言われた。

「海の上？」

「ええ、私、船乗りだったものですから……」

I支配人は、はにかんだように頭に手を当てて言った。

「船長とか機関士とか？」

「いやいや、厨房《ちゆうぼう》の方です」

「厨房って何ですか？」

「船の食料を管理する仕事です。私が乗っていたのは外国航路の客船でしたから、それは大量の食料を積んで行きますからね。勿論、酒も私が管理しておったんです。ほらっ、今、横浜港に横着けされている氷川丸があるでしょう。あの船の厨房長もしておりました」

「へぇー、偉かったんですね」

「別に偉くなんかありませんが、船で厨房長を二年もやれば、新任の船長よりは顔がきくようになります。なにしろ酒も、喰《く》い物も、それが仕舞ってある倉庫の鍵を、私が持っているんですから。ひろい海の上へ出てしまったら、酒を飲むくらいしか楽しみはありませんから……」

「なるほど、それは役得の仕事ですね」

「そうそう、役得ですわね。あれで船の中は案外と行事というか、宴会があるんです。南洋航路なら、赤道を越えたら、その夜は宴会をしますし、日付変更線を跨《また》いだら、それはそれで宴会です。けどあんまり生意気な船長なら、酒なんか安いのを少し出す程度にしてやるんです。美味い酒は、私が倉庫で一人でやるんです。〝厨房長、一年やったらやめられない〟って言うんですわ。ハッハハハ……」

「そりゃ愉快だな。じゃ、今でも昔のことが懐かしいでしょうね」

「……そうですね。航海へ出ていた頃が一番良かったですね。いったん海へ出てしまえば女房も家も関係ありませんしね。自由で気ままなもんでした。それに寄港すれば、港、港に美しい女性もいますし……」

「へぇ〜……、そうだったんですか」

「はい。これで結構、私、遊んでたんですよね。ハッハハハ」

そう言ってI支配人は少し顔を赤らめた。

若い時代に海へ出た男が、老境に入って、海のそばで静かに暮らしている姿は何とも風情があるものだ、と思った。

「ここのところどうですか？　あなたも遊んでいますか」

「えっ？」

「男の人は若い時には少し羽目を外さなくてはいけません。だって若い時しか、そんなことできないんですから……」

「でもホテル代も満足に払ってませんし……」

「いいんですよ。そんなもの。お金がある人が払ってるから大丈夫です。こんなちいさなホテルですが、あなた一人のことで困ったりするものですか」

「は、はい。ありがとうございます。いつかちゃんと仕事ができるようになったら必ずお支払いしますから」

「礼なんか言わないで下さい。それに、あせって仕事なんかしちゃいけません。正直言わして貰うと、仕事だって、そんなにする必要もないのかもしれませんよ。私、こうしてあなたとお酒が飲めて喜んでるんです」

「私でよかったら、いつでも誘って下さい」

「それはありがたい。あなた……」

「何ですか？」

「あなた、大丈夫だから」

「何がですか？」

「何をやっても大丈夫。ほら、先日、居なくなった野良犬……」

「ええ、あの犬がどうかしたんですか？」

「あの犬、私とあなたにしか尾を振らなかったんですよ」

「はあ……」

「あなた何をやったって大丈夫。私にはわかるんです。けれどあんまりしんどいことをしてはいけませんよ。その方が人生にはいいんですよ」

「…………」

そんな会話を私とI支配人はくり返していたが、私にとってI支配人と二人きりの時間は、ひどく安堵を持てるひとときだった。

そのI支配人の長女の方が、逗子の駅前に店を構える中華料理店に嫁いでいた。

私より数歳年上の、美しい女性だった。

〝徳記〟という屋号の店は、横浜の中華街に同じ名前の店があり、先代がそこで修業し、暖簾《のれん》分けして貰ったということだった。そのせいで戦時中、食材が不足していた折も、この店ではちゃんとした料理を食べることができた、と古い逗子の住人から聞いた。

先代は亡くなり、息子さんが跡を継いでいた。その人にI支配人の娘さんは嫁いでいた。店は五、六席のテーブルが置かれただけのちいさな構えであったが、料理はさすがに美味だった。若主人と何となく言葉を交わすうちに、壁に飾った魚拓の話題になり、彼が釣り好きであることがわかった。

私は二作目の短編小説がなかなか進展せず、あれこれテーマになるものを考えていた。その中のひとつに老人が主人公の釣りの話を書いてみようか、というものがあった。モデルらしき人はいて、その人と私は少年の時、二人で山の奥へ釣りに出かけたことがあった。夏の朝、一番のバスに乗り、中国山地の奥に入って、渓流釣りをした一日があった。今で言う、〝フライ・フィッシング〟で、釣りに行く数ヶ月前から、老人に教えられて、私は毛鉤《けばり》の仕掛けを作らされた。私は、その山奥で老人とはぐれてしまい、ひどく怖い思いをしたことがあった。いくら周囲を探しても老人の姿はなく、空を覆う木々で薄暗くなった川のふちで、自分は見放されてこのまま独りになってしまうのでは、と思った。川のせせらぎの音と、森の奥からの、時折、届く得体の知れない不気味な音に、少年の私は〝死〟のようなものを感じ取っていた。

その感情を、老人の胸中に置きかえて、何か書けないものだろうか、と考えていた。

若主人のAさんは、私より二歳年上で、東京・青山の大学でアメリカン・フットボール部に所属していたこともある体育会系の爽《さわ》やかな性格の人だった。

「先週は釣果はよくなかったな。坊主ではないけど、メジナばかりで、肝心の黒鯛《くろだい》が一匹も上がらなかったんです」

「黒鯛って、チヌのことですか?」

「そう、関西じゃ、そう呼ぶんですよね。釣りは好きなんですか?」

「ええ、子供の時はよく行きました。海が目の前でしたから……」

「どこの海ですか?」

「瀬戸内海です」

「それじゃ、黒鯛の本場じゃないですか。良かったら、今度、一緒に行きませんか?」

「はあっ、でも道具も何もないし……」

「大丈夫、僕の古いのがあるから」

私は小説の中で老人が釣りをするシーンを描きたかったので、Aさんの誘いに甘えることにした。上京して十年余りが過ぎ、十四、五歳を最後に、私は釣りをしたことが一度もなかった。ひさしぶりに釣りに出かけるのが、私にも楽しみだった。

Ａさんは釣りの日が決まったら、私に連絡してくれる、と言った。やさしい性格のＡさんは、私を連れて行く日、何らかの釣果を私に与えたいようで、店の休憩時間に海へ出て、海水の温度を計りに行ったり、釣宿の主人に様子を訊いて回ってくれていた。

海水の温度をＡさんが調べていたのは、春になって水がうるみはじめると、黒鯛が岸に寄って来る〝乗っこみ〟の時期を見計らうためだった。

Ａさんから三月の初めに電話が入った。

「今週末に行きますから、朝の五時にホテルに迎えに上がります」

「わかりました」

「それと、運動靴持ってますよね」

「ありません」

「そうですか。なら私の古い地下足袋があるから、それを使いましょう」

「いや、私、足は異常に大きいんです」

「何センチなんですか？」

「30センチくらいあるんじゃないかな……」

「30センチ？」

それで二人して、釣具店に地下足袋を買いに行くことにした。ついでにポケットがたくさんついたチョッキのようなものも買った。

ホテルの部屋に戻って、地下足袋を履いて、チョッキを着ていると、例の、元漁師のFさんが顔を覗かせて、私に言った。

「おめえ、なんて恰好をしてるんだ？」

「週末に釣りに行くんだよ」

「何を釣りに行くんだ？」

「黒鯛だよ。メジナも釣れるって言ってたな」

「黒鯛？　メジナ？　あんなもんは喰えた魚じゃないぞ。俺が仲間に言って地引き網でも用意してやろうか、こんなでっかい鱸《すずき》だって獲《と》れるべ」

「そうじゃないよ。磯釣りをするんだ」

「磯釣り？　素人の遊びだな。まあ、せいぜい釣って来い。その地下足袋、一度水につけておいた方がいいぞ」

Ｆさんはそう言って立ち去った。

前夜、私はＡさんに連れられて魚の餌に使うオキアミを買い、撒き餌《まえ》のダンゴの材料も仕込んだ。

「釣りって案外お金がかかるんだよね。僕の小遣いは皆餌代で消えてしまうんだ」

私は餌代と船賃などをちゃんと折半にしてくれるように申し出て、翌朝、夜が明けやらぬホテルから葉山の長者ヶ崎へ行った。

もう釣り人が何人か集まっていた。どの男たちも皆一人前の釣り人に見えた。Ａさんはここいらでは顔らしく、皆が挨拶していた。私だけがジーンズを穿いていた。その私を皆が珍しい者を見るような視線で見ていた。

船頭が出て来て、皆して船を浜から海へ出すのを手伝った。

船は浜を出て、一キロ先にある岩場にむかった。舳先《へさき》に座っていると、潮の香りが鼻を突き、海風が頬《ほお》を撫でた。

——何年振りに嗅《か》ぐ沖合いの海の匂いだろうか……。

私は胸のどこかが昂揚《こうよう》していた。

船が岩場に着くと、皆が慣れたように飛び移った。

「気を付けてよ、滑るから……」

Aさんの声を聞きながら、私も岩場へ移った。澄んだ海水が岩場を洗い、海藻の匂いがした。

「昼前に迎えに来っから」

船頭は言って、船は浜の方へ去って行った。

岩場のどこを占有するかが案外と大変なようだった。Aさんは私を気遣って、釣りが良いポイントに立たせてくれた。仕掛けを用意し、撒き餌を投げ込み、釣りがはじまった。すぐにAさんがメジナを釣り上げた。後からわかったことだが、Aさんはこの辺りではかなりの釣り人だった。他の連中も次から次に釣り上げたが、私の糸にはいっこうに魚の掛かる気配がなかった。Aさんがそばに寄って来て、少し仕掛けを直してくれた。そのすぐ後に海面のウキが立ち上がり、ぐっと沈んだ。タイミングを計って合わせると、思っていたより手答えのある重みが腕に伝わり、海中で魚が走る感覚がした。

釣り上げると、Aさんがタモを手に魚を網に入れてくれた。メジナであったが、私はひどく嬉しかった。

「思っていたより、ずっしり来ますね」

「そうでしょう。黒鯛なら、その倍は手答えがありますよ」

私は黒いメジナの目を見て、顔をほころばせた。それを見てAさんが笑っていた。

それから三年、春になると、私はAさんと二人で釣りに出かけた。そのお蔭で、小説の釣りのシーンだけはしっかりしたものが描けた気がした。

今でも、私の『チヌの月』という作品を読んだ人から、

「釣りが、相当、お好きなんですね」

と声を掛けられる。

そうではない。すべてはAさんのお蔭だった。どうしてAさんが、私にそんなに親切にしてくれたのだろうか、とホテルを出てからかなり後に考えたことがあった。

——そうか、あの釣りのこともI支配人が、娘さんに話してくれたに違いない……。

と気付いた。

そう言えば、釣って来た魚をホテルのコックさんに調理して貰い、I支配人と酒を飲んだ夜があった。

「自分で釣った魚は格別美味しいでしょう」

そう言いながら笑っていた支配人の顔が浮かんで、私は何から何まで見守られていたのだ、とただ嬉しがってだけいた己の迂闊《うかつ》さを恥じた。

「どこか旅にでも行って来たらどうですか？」

或る時、I支配人が私に言った。

「そんな贅沢《ぜいたく》はできない身分です」

「何を言ってるの？　旅費くらいホテルで貸してあげるから、私の知り合いが伊豆で温泉宿をやっているので遊んで来なさい」

私は旅費まで借りて、その宿へ行った。

安い値段で、上等な部屋に泊まり、私は自分はこんなにされていいのだろうか、いつかこの御礼をしなくては、と考えていた。

だが私の将来は何ひとつ見えていなかった。

あの湯煙りが立ちこめていた山奥の宿の風景が、今も時折、思い出されることがある。

第十章　プレゼント

ホテルの客はいくつかのタイプに分れていた。

その中には古くからホテルを利用していた常連たちがいた。逗子の近くに住んでいる常連客もいれば、東京や横浜から、週末や夏の間だけ避暑にやって来る客もいた。

夏期、ホテルの部屋がどこも一杯になるのは、この常連客が一年、二年先の予約をしているからだった。私の部屋は海側の角部屋だったので、一年目の夏は初中後《しょっちゅう》部屋を替わらされた。それも二年目になると、なくなった。何人かの常連客に迷惑を掛けていたのだろうが、I支配人は、そんなことはおかまいなしに、私のことを優先してくれた。

どのホテルでもそうだが、常連客はどこか我儘《わがまま》になるし、特権意識を持つ人が多い。当然、ホテルに居付いている私は、彼等の目に止まった。あきらかに奇異なものを見る目で、彼等は私を観察していた。不愉快だったので、或る年、夏の間だけ旅に出たことがあった。こちらの思惑を察してか、I支配人が言った。

「変な遠慮はしないで下さい。常連の人よりもあなたの方がホテルにとっては大切なんですから……」

正直、I支配人の言葉は嬉しかった。

ホテルの暮らしも四年目になると、ほとんどの従業員と気軽に話ができるようになり、彼等も私に対して家族のように接してくれた。ホテルの裏手にある従業員用の食堂へ行くと、私専用の食器が置かれるようになり、賄いの女性がたまに珍しいものをこしらえてくれると、メイドの女性が伝えに来てくれた。

「今日はロールキャベツを作ってあるんですって。早いうちの方が美味しいからって、賄いのおばちゃんが言ってましたよ」

メイドのほとんどはパートでやって来ている中年の女性たちだった。主婦がほとんどで、I支配人の人柄か、皆、陽気に働いていた。

彼女たちは、夕刻までには帰ってしまうので、二日酔いで寝込んでいる日などは、私の部屋を何度か覗きに来て、そろそろ掃除いいかしら、と様子を聞きに来た。そんな時、私は部屋の隅に倒れたまま、彼女たちが掃除をするのをぼんやりと眺めたりした。よく笑うし、よく喋る女たちだった。笑い声を聞き付けて、元漁師の、庭掃除係のFさんが、おい、おまえたち何を楽しそうにしてんだっぺ？　とやって来た。隅で寝転がっている私を見つけ、

「また飲み過ぎたんだべな。若いのにだらしがないな」

と言いながら、私の部屋の棚に置いてあるウィスキーを、自分の薬瓶に注い

だりしていた。私も上京した時、Ｆさんのために美味そうな酒があると貰って帰るようにしていた。

「こらっ、Ｆさん。お酒はお医者さんから止められてんだべぇー、またおかしくなっちまうよ」

「そうだよ。酒はやめなきゃ」

女たちが注意しても、Ｆさんは嘯《うそぶ》いた。

「何言ってやがる、俺は小坪の漁師だぞ。こんな酒でおかしくなるもんか」

あんまり大声で騒いでいると、階下からＹ女史がやって来て、ドアをそろりと開けた。

「あなたたち、お客さんの部屋で何をしてるの。××さん、玄関にお客さんがお着きよ」

皆、Ｙ女史は苦手で、あわてて真顔になり、悪戯《いたずら》が見つかった子供のように、神妙な顔付きで部屋を出て行った。

そんな或る日、廊下で立ち話をしていたメイドの女性たちのうらやましそうな声を耳にした。

「私も行きたかったんだけど、チケットが当らなかったもの。スーパーの買物だけじゃ、当りっこないもの。もっと高い品物を買った人が結局、チケットを貰えるようになってるのよ」

「そうなの……。私、結構、先月、買物したんだけどな。残念だわ。行きたかったわ……」

「本当よね。顔だけでも見たいわよね……」

吐息混りに話す会話を耳にして、どうしたのかと聞いた。

それは逗子の公会堂で、或る演歌歌手の公演があり、公演は地元の商店街が主催していた。チケットを手に入れるにはたくさん買物をし、抽選で当らなくてはならなかったらしい。彼女たちは皆抽選に洩《も》れたようだった。

「何という名前の歌手だったっけ?」

「××××よ」

「それなら、私も知ってるよ」

「何言ってるの。私たちだって知ってるわ」

「そうじゃないよ。逢って話したことがあるってことだ」

「本当に？　嘘でしょう」

「いや本当だ」

そこにまたFさんが来て、話に加わった。

「こいつはダメだ。酒ばっかり飲んでるから、そんな出鱈目《でたらめ》を言うんだべ」

私は苦笑して、部屋に戻った。ほどなくしてドアがノックされ、Fさんが入って来た。

「おめえ、本当に、あの歌手と友だちなのかよ？」

「友だちじゃないが、仕事をしたことはあるよ」

「じゃ友だちじゃねえか」

「仕事をしたからって、すぐに友だちにはならないよ。で、それがどうしたの？」

「い、いやな。あのババアたちがよ、おめえが、あの歌手を知ってるなら、公演の日によ、どこか隅の方で、立ち見でもいいから見に行けないものか、聞いてみてくれないかって言ってるんだべ」

「それで公演はいつなの？」

「明日だよ」

「明日か……。今日は土曜日だし、作詞の事務所にも連絡の取りようがないしな……」

「ああ、いいんだよ。無理なら……。俺も無理だって説明したんだ。なのにあのババアたち、あきらめが悪い女共なんだ」

「じゃ、明日の昼間、会場へ行ってみよう。彼等もリハーサルをするだろうから、そこで交渉してみるよ」

「そんなこと言って大丈夫か？　ババアたちは、あれで皆純情だから信用しちまうぞ」

「だから入れるかどうかは、訪ねてみないとわからないから……」

私は歌手のマネージャーに交渉し、自分で切符を購入して彼女たちにプレゼントしてもいいと思っていた。

翌日の午後、私はFさんと二人で逗子の駅前に出て、公会堂にむかった。ちいさな建物だった。すでに準備がはじまっていて、逗子の商店街の名前を染め抜いた法被《はっぴ》を着た関係者が立ち働いていた。

私は、その中の一人に声を掛けた。

「すみません。歌手の××さんの楽屋はどちらですか？」

男は私とFさんを見た。

私は下駄履きに半ズボンと下着のシャツ。Fさんは麦藁帽子に長靴を履き、作業着を着ていた。

「何の用だ？」

　男はぶっきら棒に訊いた。

「いや、ちょっと話があるんだ」

「話？　何の話だ？」

　男が私を睨み付けた。

　Fさんがいつの間にか、背後に回り込み、私の半ズボンを引っ張っていた。

私がそれに気付いて、振りむくと、

「おい、もう帰ろうや。わかったから」

　と小声で囁《ささや》いた。

「わかったって何が？　いいから大丈夫だって」

　私たちが話していると、男が言った。

「そこは邪魔だから、むこうに行ってくれ」

　その言葉に思わず私は大声を出していた。

「すぐにどくから、先に××か、××のマネージャーを呼んで来なさい。作詞の伊達《だて》が逢いに来てるからと伝えるんだ」

男はぽかんとした顔で、私を見返した。半ズボンを鷲掴《わしづか》んでいたFさんの手に余計に力がこもった。

そこに運良く、歌手のマネージャーがあらわれた。愛想のいい顔を見た途端、マネージャーの名前を思い出し、私は声を掛けた。

「××君」

名前を呼ばれたマネージャーが、私たちの方を振り返った。彼は少し怪訝《けげん》そうな表情をしていたが、私が手を振ると、

「あっ、伊達先生じゃないっすか。どうされたんですか、こんなところで……。いや、その節は××が大変、お世話になりまして、さあ、どうぞ××に逢ってやって下さい」

形勢が逆転し、お尻にまで痛みが走っていたFさんの手は離れ、男は男で、

私とマネージャーを交互に見ていた。

何とか公演は見せて貰えることになり、私はFさんとホテルに戻った。

メイドの女性たちがY女史に連れられ、お礼の挨拶に部屋に来た。

「面倒なことをして頂いてすみませんでした」

Y女史が言うと、皆少女のように頭を下げていた。そのそばでFさんが感心したように言った。

「そりゃ、おまえ、こいつはたいしたもんだべ。歌手がわざわざ出て来てよ、こいつに頭を下げてよ、先生って呼んだんだからよ」

「Fさん、何ですか、その口のきき方は。お客さんにこいつって」

「ああ、Yさん、いいんですよ」

その日の夕暮れ、メイドの女性四人とFさんは公会堂へ出かけた。

後日、彼等五人の席が、抽選で当選した客の真ん前の、歌手とステージの間の、特別席だったことを聞かされた。

ホテルはいろんな客が来る。

その中でも、一年に一度だけホテルの従業員全員が緊張する午後があった。それは暮れの押し迫った午後で、その日、ホテルのレストランに皇太子夫妻が昼食を摂りにみえるのが、慣例だった。

現、天皇、皇后であるが、その頃はまだ赤坂御所に住む、皇太子夫妻だった。その赤坂御所で年に一度の大掃除があり、その日、夫妻は葉山の御用邸に行き、休まれるということだった。その折の昼食を、なぎさホテルで摂ることになっていた。

数日前から、従業員の顔も緊張しはじめ、建物のあちこちの修理が完了し、掃除もいつになく丹念に行なわれた。

私もY女史から、注意された。

「二、三時間で済みますから、部屋から出ないようにして下さいね。寝間着姿でふらふらしてると、警護の警察官に、私たちが叱られますから……」

そんな中でI支配人だけが、別に緊張したふうでもなく笑っていた。

当日、従業員は皆、洗濯仕立てのユニホームに着換え、午後の時間を待っていた。私は皇室というものに、まるで興味がなかったから、部屋で本を読んだりしていた。

何年目の冬だったか、ホテルのレストランに、Sという名前の新しいマネージャーが就職して来た。

見るからに人柄の善さそうな人で、ホテルに来る以前は大きなレストランをまかされていたという。海辺のレストランで若い従業員を教育しているSさんの姿は、いかにも仕事熱心そうで頼もしく映った。

しかしSさんの様子を、それとなく見ていた私には、給仕をしていて少し落着きに欠ける気がしていた。それはたとえば、スープひとつを出すにしても、動作が素早過ぎて、一見プロらしくは見えるのだが、どこか危なっかしい面があった。その杞憂《きゆう》はY女史にもあったようで、一度、彼女がSさんにひとつひとつの動作をもう少し落着いてやるように注意していた。

Sさんの初の大仕事が、皇太子夫妻の給仕だった。

昼食といってもフルコースを摂るようなものではないようだった。それでも事前に宮内庁から連絡があり、メニューが決まるらしい。

その年の冬のホテルのレストランでのイベントで何が起こったのか、私は詳しいことは知らない。だが、かなりの事件が起きたことはたしかだった。

翌日は朝からY女史は不機嫌だったし、ちらりと目にしたSさんの姿は見るも無残なほど打ちひしがれていた。

ほとんどが上手く運んでいて、最後のデザートでコーヒーを零《こぼ》したという噂もあれば、いきなりスープを引っかけてしまったというおそろしい情報もあった。ともかく、あんなに溌剌《はつらつ》としていたSさんが元気を取り戻すようになるまでには、かなりの月日がかかったことはたしかだった。

私は一度も夫妻の姿を見ていない。カーテン越しに、屈強な身体でいかつい顔をしたSPが食事の間中、庭の芝生の上に立っていたのをちらりと見ただけだった。

外から眺めれば、湘南の古い名門ホテルのように映るこのホテルも、内から見ると、まるでテレビのホームコメディーのような滑稽《こっけい》さがあった。そのおかし味は、ホテルで働く人々の人間味から出て来ているものなのだが、彼等が失敗をしながらも、卑屈にもならずに日々働いていたのは、やはりI支配人の穏やかな性格と、大きな包容力にあった気がする。

第十一章　オンボロ船

月に何度か、鎌倉の街に出かけることがあった。

逗子の街にも飲み屋はあるにはあるが、昔からこの街は海辺の高級住宅地であり、夜はやはり閑散としていた。

葉山も同様で、横須賀まで足を伸ばせば繁華街はあるが、一、二度うろついてみた折、横浜の本牧に似ていて、また妙な遊び癖がつきそうで避けていた。

その点、鎌倉はまだのんびりしていたし、周辺に新興住宅が増えていたせいか、安い酒場を見つけることができた。安い居酒屋や小料理店とは対照的に、何軒かの敷居が高く映る店もあった。そんな店はたいがい文士や文化人、街のうるさい男たちが常連に居る店で、主人も店の者にもどこか鼻持ちならないものがあった。こちらは一見《いちげん》の客だから窮屈な思いをしてまで飲み喰いをしていると腹が立った。

——何を気取ってやがる、田舎者が……。

そんな体験もあって、店に入るにしても注意することが多かった。

二年目の冬の午後だった。

私は由比ヶ浜の古書店で何時間かを過ごし、空腹を覚えて、一軒の鮨店へふらりと入った。

店は由比ヶ浜通りの交差点の角家の一階にあった。

〝K寿司〟とある看板の文字に見覚えがある気がした。それよりも店前の暖簾が綺麗だったので、一人前を握って貰い、ビールと酒を少し飲んで逗子に引き揚げようと思っていた。暖簾を潜《くぐ》ると、主人と女将《おかみ》らしき女性が私をちらりと見た。

カウンターだけの店で、若い男女が二人座っていた。私はカウンターの奥に腰を下ろし、ビールを注文し、品書きを見た。さして高い値段でもない。上鮨を注文し、ビールを飲みはじめた。小鉢に荒煮が出て、食べてみると美味だったし、器も洒落ていた。

若い男女の客のむこうに将棋盤が置いてあり、どうやら主人と客は将棋を指していたようだった。

――ここも土地の者の店か……。

私はそう思い、鮨を食べたら早々に引き揚げるつもりでいた。何となしに主人が鮨を握る手を見ていた。眼鏡越しに鮨を握る顔が真剣だった。丁寧な態度に好感が持てたし、主人の仕事を少し離れた場所で、女将がじっと待っている。

酒を注文すると、燗《かん》の具合いを女将が訊いた。ひと肌と注文し、頃のいい加減の酒が出た。

「お近くですか？」

女将が声を掛けてきた。

「いや、逗子だ」

それだけの会話だったが、印象は悪くなかった。鮨の味も美味だった。以前、勘定をぼられた小町の鮨店とは比べものにならなかった。

「やっぱ、この桂馬を上げるべきだわな」

若い男の客が主人に言うと、カウンター越しに返答があって、

「なら角道が空いてしまいますよ……」

の言葉に客が頭を掻いた。

主人が笑った。少年のような笑顔だった。主人の、少し上方に女性の写真が壁に掛けてあるのが目に止まった。妙な場所に写真が飾ってあると思った。

二週間して、由比ヶ浜の古書店へ行く用事があり、帰りに立ち寄った。

まだ宵の口で、客は私一人だった。

「今日も逗子からですか？」

女将が訊いた。

「ああ、この先の古本屋に用があって来たんだ」

私はその日、古書店に注文しておいた何冊かの本を手にしていた。

その夕刻は刺身を注文し、握りを一人前食べ、少し酒を飲んだ。独り暮らしの淋しさもあったのかもしれないが、主人と話をした。余計なことは言わない男で、丁寧な口のききようが鎌倉の地の者とは違う気がした。

「この店はもう古いの？」

「いいえ、まだ三年と少しで……」

「それまではどこで？」

「銀座におりました」

「あっ、そう……」

——それで他の店とは雰囲気が違うのだ。

話をしていると、裏の方から子供の声がして女の子が一人顔を覗かせた。十歳くらいの日焼けした顔に白い歯を見せた笑顔がいかにも人なつっこそうだった。

「お客さんにご挨拶は」

女将に言われてから、少女はぺこりと頭を下げ、舌先を出して消えた。

「すみませんね。娘なんです」

そうこうしているうちに今度は少年があらわれた。こちらは肌が白い五月人形のような顔をしていた。主人が言った。

「すみません、騒がしくて。今、冬休みのもんで……」

「かまわないよ」

少し酔ったので、車を呼んで貰った。逗子のどこまで帰るか、と女将が訊くので、ホテルの名前を告げた。

勘定すると、思ったより安かった。

安くしてくれたのだろう、と思った。


それから二ヶ月して、またK寿司に行った。

その夜、店は混んでいた。客のほとんどが地元の若衆で、中には鳶職だろうか、七分袖《そで》のシャツから見事な刺青《いれずみ》が見えていたり、どこかの工務店の従業員か、作業着のままの若者もいた。賑やかな連中だった。

それはちょっとおかしいべ。何かおかしいべ、筋を通すってことは、そういうことだろうっぺ。いや、それじゃ筋が通らないと俺は思う。それはおまえの考えだろうが、歳下のおまえの筋とおやじさんの筋じゃ、所詮《しょせん》話が違うだろう……。その言い方、頭来るな。

何やらテレビのホームドラマの若い職人同士の宴席を眺めているようだった。

後に彼等とは、K寿司の主人のM親方を通じて知り合い、プライベートでもつき合うようになる。しかし何よりも、私の逗子での後半の暮らしを助けてくれたのは、このK寿司の夫婦であった。

あの冬の夜から、私とM夫婦は少しずつ親交を増し、三十年近いつき合いをさせて貰うことになった。病死した先妻との結婚の折には仲人を引き受けて貰い、M親方とはいろんな街へ旅へ出かけ、毎夜のごとく、店が終った後に湘南の海岸や江の島、藤沢へ連れ立って飲みに出かけた。

K寿司では、先妻がまだ若く仕事に懸命であった頃、二人してよく出かけ、遊ばせて貰った。

こうして古いホテルでの日々を述懐しながら、過ぎて行った時間を振り返ってみると、私という人間が、元来のいい加減さや性悪な気質をかろうじてバランスを取って、堕《お》ちて当然の場所でくたばらずに済んでいるのは、私を見守ってくれた人々の情でしかなかったのがよくわかる。

その上、私の処女作品集のタイトルにもなった『三年坂』のストーリーの大半は、K寿司のM親方、母子の話を使わせて貰った。

冬の夜、私がちらりと見た写真は、M親方の母上で、この店をオープンする日に彼女は店前の交差点で交通事故に遭い亡くなられていた。小説のモデルほど慎重にならなくてはいけないものはない。

今でもそうなのだが、私は自分の小説を一から新生して行くことができない。作品の基軸に、どこかに真実から生じているものがなくては書きすすめることができないし、そのことは己の創作力の欠落を証明していることかもしれないが、私には作家の頭の中で考えることより、世間で日々起こっていることの方が遥《はる》かに人間的だと思えるからなのだろう。このことはおのずから自分の小説の限界とも関係するだろうし、新しい野や海へ出てから後、初めて自分は独り立ちした作家になるのかもしれない、とも思っている。しかしこの頃は、そうまでして小説の海へ漕ぎ出す必要があるのかどうかに疑問を抱いていることも事実だ。

書かざるを得ないことを書いているのか、という自問をくり返す時があり、そのことは、どうして小説という表現方法を選んだのか、小説でなくてはならなかったのか、という根元的な問題にも関って行くのだろう。

世の中の大半の人は、今就いている職業に満足はしていないだろうし、小説家だけが他の職業と違って特別な職業であるのか、という疑問にも繋ってしまう。

ただ私は一冊の、一行の言葉が、人間に何かを与え、時によっては、その人を救済することがあると信じている。音楽の中にある力にも、舞踊にも、絵画にも、彫刻にも、戯作にも、一見世の中に直接的に必要とは思えない分野にも、人間にとって欠かせないものが存在するから、こうして長く人類は、それらを手離さないと思っている。

小坪の元漁師のFさんが、急にホテルに顔を見せなくなったのは、四年目の秋のことだった。

その年の夏、Fさんは私の部屋に突然やって来て真剣な顔で言った。

「おまえよ。金は稼いでるか？」

「金はないよ」

「いや、そうじゃねぇ、とホテルのばあさん連中は言ってたぞ。おまえ、今、流行《はや》ってる歌をこしらえたって言うじゃねぇか」

「ああ、あれか……」

その年、若い歌手のために私が作詞した歌がミリオンセラーになった。

金は入ることは入りはじめたが、それ以上に今までの借金の返済に追われていた。

「どうして急に金の話なんかするんだい？」

「実はな、俺の知り合いの漁師がよ、海を揚がるって言うんだよ。そいつの船が売りに出てるんだ」

「ふぅ〜ん」

「漁師の船はよ。今は売ってまえば二束三文になってまうんだべ。それはいい船だ。俺が保障するからよ」

以前にも同じような話をFさんが持って来たことがあった。

「僕が漁船を買ってどうするんだよ?」

「だから普段は、そいつと俺が漁をしてるんだべ。そうしておまえが海へ出たい時は使うってことだ。操縦は俺たちがやってやる。そこらのマリーナで金持ちが乗ってる船とは違うぞ。本物の漁師の船だ」

「じゃ僕は網元になるってことか?」

「網元? それは違う。網元ってのは、昔からその港で船を持ってる人だ。おまえは船主になるんだ」

「ふぅ〜ん。それでその船はいくらするの?」

私が船の値段を訊くと、Fさんは急に真顔になった。

「値段か？　それはまず船を見てからにしてくれ。明日は部屋に居るか？」

「ああ」

「それじゃ、この海へ俺たちが乗って来るから、おまえは、この窓から見てろ。値段はそれから決めるとしよう」

「そんなにしなくていいよ。どうせ買えっこないし、小坪の港まで見学に行くよ」

「いや、船はな。走ってるのを見なきゃダメだ。いいから、明日見てくれ」

そう言ってFさんは私に手を差し出した。

私はFさんの手を握ると、それで商談がまとまったということになるのでは、と躊躇《ためら》った。Fさんは私の手を強引に取って、嬉しそうに部屋を出て行った。

翌日の午後、船が葉山の沖合いから逗子の海に入って来た。

私はこの話をI支配人にした。

「ハッハハハッ、そりゃ愉快だ。ぜひ見物しましょう。よし、私、双眼鏡を持って来ますよ。いや、楽しみだ」

私たち二人はホテルの芝生の上に立って、船を迎えた。

「ずいぶん古い船だな。あれっ、F君が甲板に立っていますよ。ご覧なさい」

I支配人に渡された双眼鏡を覗くと、むこうは手を振る支配人に気付いてか、あわてた顔をしていた。

それでも双眼鏡の中のFさんは船員帽子を被って、溌剌として見えた。故郷に帰った鳥のように自由で、恰好良かった。

船の売買の話はI支配人がFさんに上手く取りなしてくれて、買わずに済んだ。第一、そんな金はどこにもなかった。

「ちょっとよろしいですか?」

Y副支配人が神妙な顔付きで部屋に入って来た。

「何でしょうか？」

「Fさんが入院しています。家族の人の話ではあまり加減が良くないそうです」

どうしてY女史が、そのことを告げに部屋に来たのかは、わかっていた。その数日前に、私はFさんの入院の話をメイドの女性から耳にして、見舞いに行きたいことを話したからだった。

「そんなに悪いの？」

「はい。実は、Fさんが陸に揚がったのも、今の病気のためなんです。よく三年も持ってくれたと家族の人たちも喜んでいました。けど今回は少し大変のようです」

「どこの病院？」

「…………」

私の質問にY女史は口をつぐんだ。

「あなたは逢われない方がいいと思います」

Y女史の言葉に、私は沈黙し、彼女の冷たさに腹が立った。

「メイドの人たちは見舞いに行ったと言ってたよ」

「それは一ヶ月も前の話です」

「なら手紙を書くから誰か渡しに行ってくれますか？」

「そうして下さい」

私は数日かかって手紙を書き、見舞金とともに、それをY女史に渡した。

Fさんが亡くなったのは、それから一週間後だった。

葬儀から戻ったI支配人が報せてくれた。

私はI支配人と二人で芝生の上に行き、海を眺めた。

「しかし……、あの船はオンボロだったですねぇ」

I支配人が懐かしむように言った。

その夜、私は泥酔した。ホテルに戻って自分の部屋さえわからず、別の部屋で目を覚ました。Y女史が起こしてくれた。

第十二章　潮風

海の側《そば》で暮らすのは、いかにも快適と思う人がいる。空気が良くて健康にいい。実際、昔は潮湯治などというものがあったのだから、或る種の病いに海の力は効くのだろう。私も三十歳半ばに一度ひどいアルコール依存症を患った折、南の島で一ヶ月半余り、一日中海に浸かり続け、恢復した経験がある。逗子の海岸の鎌倉寄りに、徳冨蘆花の『不如帰』の碑があるが、あの小説でも主人公の女性が病いを患い、潮湯治に逗子に来ていたのではなかったか。小坪にも七里ヶ浜にもサナトリウムがあるのは、転地療養や潮湯治の名残りであろう。

だが潮気のある空気が、或る種の病気には逆に悪かったりする場合もあるらしい。喘息《ぜんそく》などは、そうだと聞いた覚えがある。この潮気というのは、海辺の暮らしを知らない人には想像もつかないが、たとえば着物の錦繡《きんしゅう》で金、銀の糸を織り込んだものなど簞笥《たんす》の中に仕舞っておいても、潮風でだめになる。

自動車なども同じで、海辺で使用した自動車は中古車業者に引き取って貰う時、同じ年代の型の車でも半値以下になる。エンジン周りもそうだが、一番は車の底の鉄板がやられるらしい。これは家屋も同様で、こちらはもっと評価額が下がるし、ボイラー、クーラーなどの表に晒《さら》されている機械が他の地域より耐久年度が極端に短い。潮気、潮風だけで、そうなるものかと思われようが、海のすぐ側だと、やはり波飛沫《しぶき》が当る。台風や海がひどく時化《しけ》た時など、風に飛ばされた海水は数百メートルも丘を揚がって行く。

相模湾の懐の、それも奥に位置した逗子の海は一年のほぼ大半がおとなしい海景なのだが、それでも時折、海が狂ったように荒れることはあった。

一度、秋の終りに大型の台風が直撃し、満潮時と重なって波がホテルの芝生まで寄せたことがあった。ホテルの前は有料道路になっていて、そこを乗り越えて波が押し寄せた。海側の入口には、夜は電灯が点滅する案内看板があり、それが流されそうになって、エンジニアのKさんと夜番のRさんと、私の三人で、その看板が流されるのを防ぐために、命綱に身体を括《くく》りつけて看板を補強したことがあった。その作業中、夜番のRさんが波に攫《さら》われそうになり、私がすんでのところで足を摑み、助かった。引き揚げた時、Rさんは潮水を飲んで気を失いかけていた。芝生の方で頰を叩くと、Rさんは目を開いた。

「大丈夫？」

私が訊くと、Rさんはちいさく頷き、

「死ぬかと思いました……」

と涙とも潮水ともつかぬものを手で拭っていた。

翌夜、非番だったRさんが私の部屋に菓子折を持って来て、礼を言った。

「別にいいんだよ」

「あなたは命の恩人です。Kさんから話を聞きました」

そう言われても、あのまま波に流されても有料道路のガードレールにRさんの身体は引っかかっていたはずで、恩人なんかじゃなかった。以来何かと親切にされると、詐欺をしたみたいで、簡単なこともRさんに頼み辛くなった。今思うと、死ぬかもしれない、と思うような作業にRさんも加わらねばよかったのにと思う。

そんな滑稽な事件が起こるほどの海の荒れようもあったが、逗子の海は総じて穏やかだった。季節なりに美しい海があったが、私には冬の海が印象に残っている。

冬の早朝、陽が昇りはじめる時刻、沖合いから（陸の方からの場合もある）暖かい風が海面に吹き寄せると、冷たくなっていた海面の空気が瞬時に蒸気を上げ、それが海全体に白い霧を漂わせ、風に揺らぐ光景は、どこか別世界が目前にあらわれたようで、吐息を洩らしてしまうほど美しかった。

私はこの海景を後年、『白秋』という作品の中で書いた。これなどはホテルに暮らしていたお蔭であろう。

海のありようで言えば、海景を日記に箋った時期がある。私が上京して初めて胸の内を許せた、Tという友人がいて、彼は、その頃、編集の仕事をしていた。高円寺の医師の息子に生まれたTは面倒見の良い性格で、誰とでも丁寧につき合う若者だった。私より三、四歳年長だったが、そんなことを感じさせない朗らかさを持っていた。軽演劇が好きで、ボードビリアンをいつくしんでいた。その関係で、私は彼の家を訪ねてくる東京ヴォードヴィルショーの役者や、当時、仕事の面で悩んでいたビートたけしさんに逢ったりした。たけしさんは初対面から印象深い人だった。人の話の輪に入らずぽつんと何か考え事をしているような横顔に独特の寂しさがあった。一度二人で草野球のチームに加勢に行ったことがあったが、野球が上手いのに驚いた記憶がある。

そのTには植草甚一という先生がいた。私は植草さんには逢ったことはなかったが、Tの口から語られる植草さんはお洒落で粋《いき》な放浪者というイメージがあった。そのTが慕っていた人にNHKのディレクターの滝大作氏がいた。滝さんは私が逗子で暮らしている話をしたら、いいね、チョウさん、毎日、海の描写をしたらいい。それだけでもう充分だよ、と助言してくれた。その助言に従い、毎日でなくとも海景をノートに記したことが、後に海の描写に役立ったのかもしれない。

日記と言えば、このホテルに暮らした七年余りが、私が一番本を読んだ時期であり、読書日誌なるものを付けた。最初、この日誌をもとに、なぎさホテルでの日々を箋って行こうかと思ったが、読み返してみると陳腐なことばかりを書いていて恥ずかしいのでよした。まるで評論家の受け売りのようなことを書いていて、小説ひとつを読んでも、芯のようなものがまるで摑めていないし、贋《にせ》の論を並べるばかりで、作家の眼というものが皆無だった。これではまともな小説が書けなかったはずだ、と思った。ホテルを出て行く年には、部屋の床が抜けてしまうと言われ、多くの本を処分しなくてはならなかったから、或る量は読んだのだろうが、今考えても身に付いていないのがよくわかる。胸を揺さぶられた短編や詩歌を諳《そら》んじようと努めたりしたが、それが今、私の身体にどう残っているのかわからない。むしろ邪魔になっている気もする。

小説はいろんなものがあって当然だ、と今ならわかるし、その人にしかないものを書くことの大切さもわかってきているが、オリジナリティーは、やはり生まれついてのものか、或る時、突然変異の種のように、その人に宿すもので、当人の意識でなるものではないような気がする。さらに言えば、オリジナリティーは文章（文体と言ってもいいが）にあらわれるものだ。小説の主題（テーマ）について、いろいろ語られる時（当人とは関りのない処《ところ》で）があるが、それもすべて文章にあらわれている、と私は考えている。その点は画家の筆致に似ているかもしれない。文章を確立させるのは論理的なものではなく、やはり生理的なものではなかろうか。だから小説の文章は、思想家、哲学者、科学者などが綴る文章と、そこが決定的に違うのだろう。その上、厄介なことに文章が、或る域に入ることはあっても、到達することはないのだ。

小説、文章……、もしくは文学と称される周辺のことを書いて行くと、私はそこに或る懐疑を抱いてしまう。論じているのでは、と感じた瞬間から、疑わざるを得ない匂いがして、どこか胡散臭《うさんくさ》くなる。だから少し普通の話に戻そう。

海の側で使用する車が他の地域より早く傷んでしまうことを説明したが、ホテルに住んでいる間、私は車を運転していた。

今でこそ、私が車を運転していたと口にすると周囲の人は意外な顔をするが、二十歳代の私は車を運転するのが嫌いではなかった。車好きか、と訊かれると、返答に困るが、自分で運転し、遠出をすることも度々あったし、ホテルで暮らしはじめて三、四年目に中古車を購入し、上京したり、湘南海岸をドライブしたりしていた。そのうち車は二台になった。車種は一台が六〇年代のベンツでもう一台がランチィアだった。どちらもセコと呼ばれる中古車だ。車が故障するとどうしていいのか、さっぱりわからなかった。

　車の利点はどこへでも行けて便利だということもあるが、私には運転している間、独りになれることだった。車中一人で大声を上げて誰かの悪口を喋ろうが、音痴が歌をがなろうが許される。ところが私は何かにつけて酒を飲むので、どうしても飲酒運転になってしまうことがあり、三十歳半ばの時、或る機会で、私は運転をやめてしまった。

　或る夏、酔って運転しホテルに戻り、荷物も何もかも車の中に置いて部屋で倒れるように寝て、翌朝、起きてみると、車中の物が盗難に遭っていたことがあった。

　現金はさほどなかった。カードなども持っていなかったが、上着の内ポケットに差しておいた萬年筆を盗まれていた。二十歳半ばに友人からプレゼントされたもので、モンブランの太文字用で、とても気に入っていた。警察に盗難届を出したが、泥酔した自分がひどく悔まれた。その萬年筆が二年後の秋、ひょっこり戻って来た。犯人が逮捕されたのである。警察から呼び出しがあり、担当の刑事から、犯人はアパートを三室も借りていて、そこが盗難品の置き場になっていたことを聞かされた。捜査関係者の間ではずいぶんと有名な窃盗犯だったらしく、新聞でもかなり大きく報じられた。刑事が一本の萬年筆を机の上に置いた。

「この萬年筆なんですが、あなたの被害届に報告してあったイニシャルがないんです。ほら、ここなんですが、ライターか何かで焼き消してるんじゃないかと思うんです」

私の盗まれた萬年筆と同じ型である。なるほどイニシャルが刻んであった場所が焼き消され、削り落した跡もあった。私は刑事から萬年筆を受け取り、小紙に文字を書いてみた。少し引っかかる具合いも、どうやら私のものらしい。

「刑事さん、どうしてイニシャルを消したんでしょうかね？」

「逮捕した時、犯人《やろう》が胸のポケットに、これを差してたんです」

「えっ？」

私は思わず刑事の顔を見返した。刑事はニヤリと笑って言った。

「よほど、この萬年筆が気に入っていたんでしょうね。不釣り合いなものを持っていたので、この萬年筆も決め手のひとつになったんですよ」

「そうですか……」

私はもう一度、萬年筆で文字を書いた。やはり自分のもののような気がした。

「私の萬年筆に間違いありません」

「ほうっ、書いただけでわかるもんですか」

刑事の言葉に妙な引っかかりを感じた。

「いや、少しクセがあるんです、この萬年筆には……。それが似ていて」

「間違いないと思います。被害届に萬年筆があったのはあなただけですから。けど盗まれたお金なんですが、そちらは戻りません」

「あっ、そうですか……」

「それとですね。被害届に記してあった、あなたの現金なんですが、犯人《やろう》が言うには、少し金額が少ないんです」

「えっ？」

「ですから一万円ほど少なかったんです。犯人は盗んだもののリストをノートに記してたんです。あなたが嘘をついてると言ってるんじゃありませんよ。その点だけを確認したかったんですが……」

何やら妙な具合いになり、返って来ない金とは言え、私も不愉快になった。

警察の帰り道、萬年筆を眺めながら、これを胸のポケットに差して歩いている男の姿を想像した。そこまで大胆な男なら、ずっと捕まらずに街中を平気で歩き、或る日、私と遭遇し、私の目の前で、さらさらとこの萬年筆で文字を書き、そこで私が驚いて声を上げるようなシーンの方が面白い気がした。

警察と言えば、前述した友人のTから或る日、電話を貰ったことがあった。

「チョウさんさ、これは冗談半分で聞いて欲しいんだけど、私が台本を書いているNテレビ局のディレクターから、笑ってしまう話を聞いたんだ」

「どんな話だい？」

「そのディレクターの話では、南関東麻薬取締局がチョウさんのことを調べているって言うんだ」

「麻薬取締局？」

「ああ、何でも逗子のホテルに何年も暮らしている男が居て、そいつが仕事をしてないのにずっと優雅に暮らして行けてるっていうのは麻薬の密売か何かをしてるんじゃないかって噂があるらしいんだ」

「本当の話かね？」

「そうなんだ。月に一度、夜半、逗子の沖合いに船が停泊し、それをチョウさんが受け取ってるんじゃないかって」

Tは電話のむこうで苦笑していたが、私にはテレビ関係者や芸能界によくあるタチの悪い噂に呆れてしまった。

私は、それまでも、この手の噂を何度も立てられ、若かったせいもあり、その度に噂の火元を調べ、追求していた。当然、やられた方は逆恨みし、またどこかで噂を立たせる。その原因のひとつに、私が交際していたM子が、順調過ぎるほど仕事の上で成長し、どう見ても、放埓《ほうらつ》な暮らしを続けている男と釣り合いなど取れるはずがなかったからだ。彼女を取り囲む人たちからすれば、私は厄介以外の何者でもなかったろうし、私自身、いずれ縁は自然に切れてしまうだろうと思っていた。そうならなかったのは、M子の私に対する異様とも思える信頼だったが、その信頼がいったいどこから来ているのか、正直、戸惑うことの方が多かった。彼女の周囲でも、私を応援してくれる人たちがわずかながら居た。篠田正浩、久世光彦、高倉健の三人が、どういうわけか、将来、私が何かの仕事をすると期待してくれて、遠くから応援の声が届くことがあった。

しかし小説は遅々として進まず、私もそろそろ、この厄介な性格と、小説に対する妄想《もうそう》を捨ててしまいたかった。ホテルに暮らして六年余りが過ぎようとする頃、私は酒量が増え、何に対してもいい加減になりはじめていた。また諍う事が増え、トラブルの渦中に身を置くようになった。

私はすでに三十歳を越え、人目にも悪運ばかりが目につく男になっていた。

そんな折、私はひさしぶりに故郷に戻った。

第十三章　帰郷

数年振りに帰った故郷は、街の風景も、人の在りようも、私が住んでいた時代とは大きく変わっていた。

少年の頃、裸で遊んでいた入江の水は乾涸《ひから》び、桟橋は朽ち、美しい砂地がひろがっていた埋立地域には工場が建ち並んでいた。

前夜、小郡《おごおり》の駅に着いたものの、父の居る家には真っ直ぐに帰ることができず、高校時代の恩師、M先生の家を訪ねた。

M先生は、私の様子を察してか、泊まって行くようにすすめてくれた。二人で酒を飲みながら、高校時代の思い出話をした。文化祭、体育祭、そして先生が顧問をしていた野球部での話を語り合っているうちに、私は何気なしに呟いた。

「先生、これまで生きて来た中で、あの頃が一番楽しかったような気がします。大人になるって言うのは……」

言葉を止めた私の顔を先生はじっと見つめて言った。

「そうか……。それでいいんじゃないか。私だって学生時代が一番懐かしいし、自分の時間もまぶしかったように思うもの。でも私は今を諦めてはいないよ。君たちとずっと競い合って行こうと思っているもの……。さて、ひさしぶりに歌うか」

先生は立ち上がると、十八番《おはこ》のチャンチキおけさを大声で歌い出した。その歌の一節に、〽故郷《くに》を出る時、もって来た、大きな夢を盃に、そっと浮かべて洩らす吐息《ためいき》、チャンチキおけさ〽とあった。

高校時代に先生のオンボロ下宿で二人して箸《はし》で茶碗《ちゃわん》を叩きながら歌った歌だった。

先生は歌い終えると、白い歯を見せて、

「タダキ君、自己実現だよ。そのために人は戸惑い、悩み、うろうろするんだ。でもそれでいいんだよ。万歳だよ、万歳だ」

と両手を上げ、そのまま座り込むと、畳の上に横になって寝息を立てられた。

あとには静寂がひろがり、やがて二階から夫人が居間に降りて来られ、先生に毛布を掛け、私の寝床をととのえてくれた。

顔を洗いに洗面所へ行った。火照《ほて》った顔に濡《ぬ》れた手を当てると、無性に切なくなり、直後に言いようのない怒りがこみあげてきた。廊下に出ると、夫人が酔い覚ましの塩水の入ったコップを手に立っていた。

「タダキ、今夜は有難うね。あの人も今、大変な時で、きっと嬉しかったと思うわ。あなたは私たちの期待だけど、そんなことは気にせず好きなように生きてね。それが私たちの望むことだから……」

　私はただ頷いて、コップを手に寝床の用意してある小部屋に入った。その部屋は先生の書斎を兼ねた部屋で、壁が見えないほどの本が積んであった。どれも皆古本で、中には新聞のチラシの裏でこしらえた、手製の表紙もあり、魯迅『阿Q正伝』、カント『純粋理性批判』、ヘーゲル『哲学史講義』……懐かしい本の名前があった。高校生の私は、先生の下宿からそれらの本を借り出し、内容も理解できぬまま読んでは、青臭い、論にもならぬ話を先生にぶつけた。先生はそんな私の話にいつも真摯《しんし》に耳を傾けてくれた。あの頃、なぜあんなにすべてのものに夢中になれたのだろうか……、と古本の匂いの中で考えた。

　深夜、廊下を歩く足音がして、洗面所から水の流れる音がした。咳込む、苦しそうな声で先生だとわかった。その咳を聞いていて、先生がもう若くないことを、私は知った。と同時に、もう二度と、あの青い時間には戻れないのだとわかった。

翌朝早く、私は先生と二人で家を出た。バスの停留所までの坂道で、前を歩く先生の白いシャツが、夏の陽射しに光っていた。まぶしい白に包まれた痩身がふいに立ち止まって、空を仰いだ。

「そうだ。昨夜《ゆんべ》、何かを君に言い忘れていると思ってたんだが、今、ようやく思い出せたよ」

「何ですか？」

先生は青空を見上げたまま言った。

「やっとキャッチャーフライが打てるようになったんだ」

そう言って先生は、右手で野球のボールをふわりと放る仕種をし、左手にその右手を重ねてバットスイングをした。それは野球の指導をする時に、ノックバットでボールを打つ恰好だった。大学時代は前半は哲学と少林寺拳法、後半は六〇年安保の学生闘士として戦い、警察に何度となく連行された先生が、田舎の高校教師となり、野球の経験がなかったのに野球部の顧問となったのが、私たちの出逢いだった。

キャッチャーフライを打つのはノックの中で一番難しかった。先生はそれがなかなか会得できず、野球部の練習が早く終った夕暮れ、私は先生のキャッチャーフライの練習につき合った。私が卒業するまで先生はキャッチャーフライが上手く打てなかった。

「そうですか。それは良かったですね」

「うん、良かった……。諦めずに続けていれば何とかなるものだね」

先生は二、三度頷いて歩き出した。


帰省したのは、弟の十三回忌の法要があるからだった。

弟が故郷の海で死んで、十二年が過ぎようとしていた。十二年という歳月が、弟の死を哀しむ母と、そして父をはじめとする私たち家族に充分な月日かどうかはわからなかった。しかし少なくとも母には弟の死は、つい昨夕の出来事のように思えているようだった。

私は、なぜ弟でなくてはならなかったのか、という疑問からようやく離れかけていたが、法要の終った後、一人で弟の死んだ海へ出かけてみると、あの日、海底から浮上してきた弟を抱いた時の感触や検死の医師に蘇生《そせい》させてくれと懇願していた母の姿がはっきりとよみがえった。弟の死で、私は生きる克己心を得ることもなく、怠惰な性格も変わらなかった。この十二年の間、何ひとつまともな生き方をしていない自分が情なく思えた。

父は変わらず頑健であった。私たちは口をきかなかったし、息子が今何をして生きているのかも訊こうとしなかった。小説を書こうとしていると言おうものなら、どんなふうに激昂《げきこう》するか想像もつかなかった。

夜毎《よごと》、私は酒を飲みに出た。酒場で逢う中学や高校の同級生たちは家業を継いだり、地元の企業で仕事に就いていたりした。彼等の口からは、家族の話や新築する家の話、休日に行くゴルフや釣りの話などが出て、私は黙って、その話を聞いていた。明日の仕事がある彼等が酒場を引き揚げた後も、私は飲み続けた。

逗子に戻る二日前、泥酔して帰宅した私を母が玄関先で待っていた。

「海まで少し歩こうかね」

母はそう言って先に歩き出した。

うしろ姿を見て歩いているうちに、母がこんなに身体がちいさい人だったか、と思った。

「どうかね、酒は美味しかったかね」

母は旧桟橋の方をむいたまま言った。

「いや別に美味くて飲んでるわけじゃない」

「父さんも、あなたと同じ歳くらいの時、何があって、そんなに飲むのかと思うほど飲んでたわ。身体をこわさないようにしてね……」

旧桟橋の袂《たもと》まで来ると、母は黙って海を見ていた。私も少し離れて橋の下に揺れているべか舟を見ていた。

「父さんに謝ってみるつもりはないかね。東京に居て何もすることがないのなら、父さんに頭を下げて、やり直してみたらいいんじゃないの」

「そんなことはできないよ」

「……そう。今はどこに住んでるの？」

「あちこちだよ」

私は母にホテルに住んでいることを話していなかった。母にすれば息子がホテルに独りで暮らしているなどとは信じられないことに違いなかったし、まともな大人の男がそんな暮らしをするはずがないと思うだろう。

「仕事は何をしてるのかね？」

「いろいろだよ」

「いろいろって何？」

「時々、小説を書いてるよ」

「小説って、本の、小説のこと？」

母が振りむいて、私の顔をまじまじと見た。

「本当に？」

「ああ、本当だ。上手くは行ってないけど、一度、雑誌に載ったこともある」

「いつのこと？」

「二年くらい前だ。まだそれだけだ。どうなるかわからない」

「その雑誌を読ませてくれる」

「読んでどうするんだよ」

「いいから送って頂戴《ちょうだい》。必ず送って下さいね」

私は掲載誌を送ることを約束して、二人で家に引き揚げた。

翌夕、庭の隅で父が何かを燃やしていた。

庭石の上に座り込み、傍らに置いた古いダンボールから書類のようなものを出し、燃え上がる火の中にくべていた。

次の日、私は故郷を離れた。苦々しい思いだけが残った帰省だった。

それは、私がもう二度と故郷に、あの家に帰ることができない確認をした帰省でもあった。

――自分にはもう依《よ》るべき場所はない。

私は電車の窓を流れる風景を見ながら思っていた。


私はその電車を新大阪で降車し、西成に立ち寄った。

もうひとつの墓参をするつもりだった。

十五年前に、大阪の繁華街の真ん中で、白昼殺されて死んだMの墓参だった。

墓参と言っても墓はなく、商店街の中にあるちいさな寺の堂の中に位牌《いはい》だけが、他の位牌と木札のように積め込まれていた。

Mは私よりひとつ歳上で、最初に逢ったのは中学校の一年生の時だった。その春、生家の近くにあった肉屋にMは住み込みで働きに入り、昼間、中学へ通いはじめた。その肉屋と私の家が長年つき合いがあり、注文した肉を運んで来たのがMだった。

　小柄で、人なつっこい笑顔が印象的で、母やお手伝いの女性にすぐに覚えられ、私も話をするようになった。同じ中学に通う同級生と知り、学校でも挨拶を交わし、体育着のなかったMに母が古着を用意したりし、肉屋の仕事が終った後、私たちは遊びに行くようになった。

　Mは平気で大人の遊び場に入って行った。そして煙草を吸い、大人たちと対等に話をしていた。Mは大人を笑わし人気者になり、酒も口にした。私はそんなMをただ驚いて見ていた。Mに別の顔があるのを知ったのは、街中で自分より学年が上の生徒を恐喝している現場を、偶然、見た時だった。人なつっこい目が、狐目《きつねめ》のように鋭くなり、観念している相手を平気で殴りつけたり蹴り上げていた。私は黙って、その様子を見ていたが、生徒たちが立ち去った後、金を返すように言った。Mは照れたように坊主頭を掻き、あいつらには前に金を貸していたんだ、と嘘をつき、内緒にしておいてくれ、と両手を合わせた。

Mは肉屋の仕事があるせいか、段々中学へ出てこなくなった。私はMと少しずつ疎遠になった。夏休みの前にMが事件を起こした。傷害事件で、相手の寝込みを襲い、怪我を負わせていた。その事件から十日もしないうちにMが隣町の撞球《どうきゅう》屋の男を刺し、警察に捕まった。未成年ということで、Mは少年院に送られた。Mを心配した母に言われて、私は少年院のある街まで面会に行った。Mは喜んだ。そうして次に来る時は煙草を持って来てくれと、真剣な目で懇願した。私は次の面会の時、母が用意した差し入れの中に煙草を隠して、Mに渡した。次も面会に来てくれ、とMは言ったが、私はそれっきり面会に行かなかった。

次にMに逢ったのは、一年半後の駅のプラットホームで、私は野球の試合に行くために電車に乗るところだった。背広を着て、私も顔を見知っていたチンピラ数人と居た。Mは私に駆け寄り、肩を抱くようにして、少年院での礼を言った。そうして今は徳山の街の××組にいるから何かあったら言ってくれ、と他の野球部員と引率の教師を睨みつけるようにした。

高校に入る春、突然、Mは生家へ挨拶に来た。私はMと二人で、以前二人して遊んだ廃工場跡へ行った。

「俺は大阪《かみ》へ行ってひと旗上げるからよ」

とMは笑って言った。

それっきりMと逢うことはなかった。しかし私は時折、Mはどうしているのだろうか、と思うことがあった。そんな時、私の中で狂暴なMの姿は浮かばなかった。思い出すのはいつも人なつっこそうな顔で肉屋の自転車を漕いでいた姿や、廃工場跡で二人して石を投げたりした草の中に立つMの姿だった。

Mの死亡記事をアルバイト先の麻布の狸穴《まみあな》にあったＴＡＣのバーで見たのは、偶然だった。

「大阪のヤクザは派手なことをやるな。真っ昼間、商店街の中で撃ち合いだとよ」

バーテンダーのチーフが新聞を読みながら呆れた顔をしていた。

チーフが置いて行った新聞を何気なく見ると、そこにMと同姓同名の死亡した組員の名前があった。年齢もMと同じだった。

新聞社に連絡し、記事を書いた大阪の支局に詳しいことを聞いたが、死んだ組員がMかどうかわからなかった。

私は大阪に行った。

Mだった。二階がトルコ風呂になった古いビルの一階に組事務所はあり、大勢のヤクザが屯し警察官が見守っていた。Mの友人だと名乗ると、中に入れてくれた。葬儀はすでに終っていたのに、Mの遺体は棺《ひつぎ》にも入れられず蒲団の中に寝かされていた。死化粧されたMの顔は女のようにおだやかな表情をしていた。私は香典を置いて、東京に戻った。

一年後、私はその組事務所を訪ね、Mの骨がどこにあるのかを訊き、この寺を教えられた。

Mの位牌はどこにあるのか、わからなかった。

住職に尋ねたが、以前の住職はすでに別の寺へ行き、共同位牌堂は数年前に片付けたと言われた。

私は仕方なく、布施だけを置き、堂を出た。

庭に大きな桐の木が一本あり、木の下に石の椅子があった。十四年前も、この木の下で座っていたのを思い出した。

私は椅子に腰を下ろし、四方をビルで囲まれた寺の境内をぼんやりと見ていた。

あの時はまだ学生だったと思った。たしか冬であったが、今は蟬時雨《せみしぐれ》がうるさいほどだった。

――ここで自分は何をしてるんだろうか……。

十四年前の冬は、そんなことを考えもしなかった。流れて行った歳月が、私を若者から大人の領域に組み込み、先行《さきゆき》のどうしようもない生にむかわせようとしている気がした。どこかへ失せてしまったMの位牌のように、自分の生もやがて埋没して行く不安にかられた。

——忘れてしまうんだ。

私は自分に言い聞かせるように呟き、立ち上がった。

その時、あの逗子のおだやかな冬の海景と、I支配人をはじめとするホテルの人たちの顔が浮かんで来た。

第十四章　変わる季節

ほんの十日余りの帰省で、逗子の部屋に戻ってみると、ホテルの中は夏の来客であふれ、従業員たちは皆額に汗し忙しく立ち働いていた。

「どうでしたか？　ひさしぶりの故郷は……。ご両親はお元気でしたか？」

その夜、ロビーでＩ支配人に訊かれた。

「ええ、元気にしてましたが……、こうふらふらしていると、故郷は冷たく思えますすね」

「そうですか。私なども帰る度に母にずっと小言を言われてました。結婚して子供たちを連れて戻るようになってもです。孫と一緒に訪ねて行っても叱られていたんですから、困った息子でした。それでもいつか故郷というのは妙にしみじみと感じられる時があると言います。あれは何でしょうかね?」

I支配人にそう言われても、あの瀬戸内海沿いの小市と生家に対して郷愁のようなものを感じなかった私には返答のしようがなかった。

二人で話している間、浜辺で花火が上がり、若者の喚声と車のエンジン音が聞こえていた。夏の夜の逗子の海は一晩中、騒々しかった。それでもここには妙な安堵があった。

「なんだか、こうしてここに帰って来ると、ほっとします」

私が言うと、I支配人はちらりとこちらを見て、目をしばたたかせた。

「第二の故郷ってやつですか。嬉しいな。もうここに見えて何年になりますかね」

「ここに来てですか……」

私が滞在した年数を数えていた時、背後で声がした。

「六年と半年ですよ」

振りむくと、Y女史がウィスキーの入ったふたつのグラスをトレーに載せ、笑って立っていた。

「七年前の冬ですもの。鞄ひとつで……」

「そうね、古いトランクひとつきりでしたね……。あの日から、もうそんなになるかな……。私が歳を取るはずだな」

「本当に最初は家出をした人かと思いました」

二人の笑い声を聞きながら、あの冬の日から何ひとつ変わっていない自分が情なかった。

「それにしても今年は暑いな。何と言いましたっけ？　Y女史……、この暑い夜のことを」

「熱帯夜です」

「そうそう、変な言葉を作るな。今夜も暑そうだね。寝苦しかったらおっしゃって下さい。どうですか？　少し涼しい山の方でも行って来られたら」

「山ですか？」

「山は苦手ですか？　私もそうだからな。けど軽井沢だから涼しいですよ。ここほど人も居ないだろうし」

「軽井沢へですか？」

「はい。軽井沢に、このホテルと同じ経営のちいさなホテルがあるんですよ。私も一度行きましたが、部屋はちゃちなものですが、周囲は結構、白樺《しらかば》の林なんかがあって悪くありません。一度、見物がてら行って来られたらいい」

「どうでしょうか。あのホテルは気に入られないと思いますわ」

Y女史が不安そうに言った。

「Y女史は綺麗好きだから、あれはあれでなかなか味わいがあるもんですよ」

どうして急にI支配人が私に軽井沢にあるホテルに行くように話し出したのか、わからなかったが、数日後、私は電車に乗って軽井沢にむかった。

──あそこは元々病院だった建物をホテルに改造したものですよ。泊まられてみて、嫌でしたら、すぐに戻られてかまいませんから……。

心配そうに私を送り出したY女史の顔が、車窓を流れる白樺の林の中に浮かんだ。

私は六年前ホテルにかかえて来た革鞄の上に足を乗せ、ホテルの人々やI支配人のことを考えていた。私が故郷から逗子に戻った夜、自分の顔にいつもと違う何かがあらわれていて、それを察したI支配人が気晴らしのために軽井沢への旅をすすめてくれた気がした。

六年という歳月が、人生の中で長いものなのか短いものなのか、私にはわからなかった。ただ六年前と自分が同じことをくり返していることはたしかだった。同じ場所を堂々巡りをするようにうろうろとしながら時間だけが過ぎていた。

鞄の中には、ここ数年で書いた結末を迎えられないままの、いくつかの作品と、酔って殴り書きした日々の拙文が入っていた。どうしてそれを山の旅へ持って来たのか、それもよくわからないまま、私は軽井沢の駅に降りた。

旧軽井沢にある〝ビラ・軽井沢〟（正確な名前かどうか記憶にないが、たぶんこんな名称だったと思う）は林の中にぽつんとある、木造平屋建ての山小屋のようなホテルだった。木造というのが、なぎさホテルと共通していたが、若い女性従業員に案内され部屋の中に入ると、Y女史が言っていたように病室が、そのまま宿泊施設になっているのがすぐにわかった。おそらく結核患者たちの転地療養に使われたのであろう。

「これじゃまるで堀辰雄だな……」

案内してくれた女性に言うと、彼女はきょとんとして、私を見ていた。朝食以外の食事はすべて外で摂るようになっていた。私は近くの酒屋のある場所を訊き、ウィスキーを買いに外へ出た。白樺の林を歩きながら、たしかに空気はいいが、ここには住めない、と思った。海が自分に与えてくれる安堵をあらためて知った。

旧軽の大通りは、I支配人の言葉とは逆に大勢の人たちでごった返していた。夜になると、鳥の声が聞こえた。すぐ窓際にまで鳥が来ているのではと思えるほど、その鳴き声ははっきりと届いた。

環境が変わったことが良かったのか、私は鞄の中から紐《ひも》で縛った作品を出し、何編かを読み直す作業をした。

その中にいくつかの分厚いものがあり、すでに原稿用紙が日焼けして褐色になっていた。読み返してみると、やはりどれも皆拙い作品であった。それでも、これが自分の能力なのだろう、と我慢しながら目についた箇所を直し、私の欠点である文章のふらつきや、あちこちに視点が移る処を削っては書き直した。

途中で投げ出していた三百枚（四百字詰）近くの作品を、どんなかたちで終えるのかをノートに記し、また紐で縛った。

その中の一編を、のちに文学賞（直木賞）を貰った直後に、故郷での祝賀会に同行してくれた編集者が見つけ出した。私が知らぬうちに、彼は母との四方《よも》山話《やまばなし》で、昔、息子が生家に送り返して来た柳行李の中に何やら原稿用紙が入っていた、と聞かされた。彼は見せて欲しいと頼み、目を通した。そのうちのひとつが、『機関車先生』と墨文字でタイトルを書いた作品だった。

この作品は二十歳代の後半に、高倉健氏にむけて書いたもので、当時、日本放送協会が放送原作大賞（これも名称が定かではない）という募集をしており、その賞金が高かったので書こうとした記憶がある。勿論、未完であった。たしか撮影の仕事でロスアンゼルスへ行った折、往復の飛行機の中で、三百枚近くを書いた。今では考えられないスピードである。皆寝静まった飛行機の最後部席で、鉛筆で殴り書きしていた当時の自分の気力が他人事のように思われる。

『機関車先生』はのちに柴田錬三郎賞を受賞することになるのだが、正直な処、あやふやな記憶の糸を辿ってみると、私が山中のホテルに七年の間に書いた諸々のものを持って出かけた理由に、それらのものを捨ててしまおうという感情があったと思う。その頃、種田山頭火の句集や評伝を読んで、ひとつの句に触発されていた。

〝焼き捨てて日記の灰のこれだけか〟という句であった。そこに何か表現のいたらなさや自己憎悪の結末を見たのだろうか、ともかく、この句の心境に似たものが青二才の私にはあった気がする。山頭火を私が今ひとつ好きになれないのは、ひとつに同郷人（山口・防府）ということもあるが、中央志向への執拗《しつよう》な強さと、それを否定し、前述のような句を平気で詠む、彼の身の置き方に卑しさを感じるからである。

吉行淳之介氏に関する誰かの随筆か何かに（ひょっとすると担当編集者の述懐かもしれない）、吉行氏が嫌悪するもののひとつは、酒場や、それに似た場所で、いずれ小説を書く書くと酔い戯《ざ》れに口にして、いっこうに小説を仕上げない輩である、とあった。しかも珍しく荒々しい口調だったという。今でも、そういう類いの人はいるが、吉行氏は、小説を仕上げることが、己へのみじめさ、他者への自己の露見を含めて、いかに切ないものか、それが氏の荒々しい口調になったのではと思う。

いずれにしても、それらの作品を打ち捨てずに故郷へ送り、それを大切に仕舞っておいてくれた母に、作品の出来、不出来とは関係なく、今は感謝をしている。それがその時の自分の度量であり、恥は恥で残しておいたことが作品として出版される結果となったのだから。

洒落っ気のないというか、スマートでないことを言わせて貰えば、作品を他者に委ねる行為には、そこに恥を晒すということが自《おの》ずと出る。さらに言えば傲慢なものがどこかになければ、とてもじゃないが文学というあやふやなものに確信を持ったり、ましてや己の作品なぞに平気でいられるはずはない。それを小説にむかわせたのは、私の場合は何人かの作家と作品であるが、行き着く処は作家、つまり人間であった。気質《たち》は悪いが作品はなぜかいい、なぞという話はあるにはあるらしいが、私はその考えを取らない。あの人が選んだ職業、または世界なのだから、自分もどこまでやれるかはわからぬが、やってみたい。やってみよう、となったまでのことだ。その状況を続けて行くうちに、今のおまえにはこれしかできることはないのと違うか、他に何ができるのか、という問いになり、やがてなぜ書くのか、という厄介な処へ行った。そこからがどうにもややこしいのだが、小説を書く上では、この類いの問いを解く必要はさらさらない。小説を何かたいそうなものと考えている輩が問答をくり返せばいい。よしんば解こうとしても、それは論では解けない。感覚、感性でもない。ともかく日々文章を書き続ける行為の中でしか、問いを解く扉の周辺に近づけないのではなかろうかという気がする。正直な処、私は小説が何であるか、少しもわかってないし、読者に何を与えているか想像もつかない。何かを得たということも、私自身の読書から考えると、錯覚ではないかという気さえする。面白可笑《おか》しくておおいに笑った、と言われれば、それは納得できるが、私には、そういう類いのものが書けないし、度量もない。逆に何度も涙したと言われると、自分は詐欺行為をしているのではと思ってしまう。いろいろ考えさせられたと言われると、すみませんでした、となってしまう。では小説を、文学を信じていないのか、と言うと、これは信じるしかない。二千年以上、人間が捨てずに残して来たものには、それなりのものがあるはずだ。だがどう信じているのか、と考えると、信じること自体が疑わしいものとなる。あれこれ言っても目に見えぬものを相手にしている厄介さだけがある。

その点、鍛冶屋《かじ》はいいナ、と思う。私が鍛冶屋の仕事に憧れるのは、鉱石、火、そして筋力、という原始社会から変わらぬものを相手にし、出来上がったもの（作品でもいいが、ニュアンスが違う）の使い道がはっきりしているところがいい。立派な鍬《くわ》が出来上がっても、まさかそれを部屋の棚や壁に飾る者はいない。農夫が、それを振り上げて土を耕す。そして種を蒔《ま》き、実りを求める。私に言わせれば、鍛冶屋の仕事は、人間の仕事として完璧《かんぺき》に思える。

画家のジョアン・ミロは、晩年のインタビューで、彼の陶板画や大きなモニユメント制作を手伝った（画家は共同作業と呼ぶが）陶工たちの素晴らしさを何度も口にし、彼等に技術を伝授して来た父、祖父、親方、兄弟子……といった、すでにこの世にない人々を絶讃《ぜっさん》していた。画家は、彼等の無名性に尊厳を抱くと語った。そこに気付くまで、八十年の歳月を要した、と吐息を零した。

私には老画家の吐息の意味を的確に言葉で言いあらわせないが、勘としてこの発言の彼方には見晴らしの良い視野がひろがっている気がする。品性を感じるのである。同様のものを小説で垣間見ることはできないのか、とだいそれたことも思ったりする。ところが品性は、私に一番欠落したものである。謙遜《けんそん》して言うのではない。自分がこれまでして来たこと、今もしていることを見ればわかる。それでも小説を書こうとしているのだから、どうしようもない。

軽井沢から戻ると、夏の喧噪は少しおさまっており、浜辺からは海の家を解体する金槌《かなづち》の音が響いていた。

私はブルドーザーが往復する逗子の浜を眺めていた。

「また夏が終りましたな……」

声に振りむくと、I支配人が立っていた。

「そうですねぇ」

「歳を取ると、季節が変わるのが面倒臭く思えることがあります」

私にはI支配人の言っている言葉の意味がよくわからなかった。

「目の前を過ぎて行くものが、いろいろやってくれないで、そのままでいてくれないものか、と思うんです。まあ、私、若い頃からなまけ者でしたからね。

軽井沢はどうでしたか？」

「はい。涼しくて過ごし易かったです。気分が少し変わって、いろいろ考えられました」

「あんまり考えない方がいい。なるようにしかならないものです。無理にそうしなくとも、何かがなる時は、むこうからやって来るもんです。あなたには、その方がいい」

　私はＩ支配人の顔を見た。支配人は目を細めて、秋にむかう海と空を見ていた。

　――でも、もういい加減、何かを決めてやりはじめないと……。

　そう言いたかったが、支配人の表情には、私のそんな言葉を聞きたくないような雰囲気があった。

「このホテル、誰か買いませんかね？」

　突然、支配人が言った。

「えっ、何ですか？」

「いや、誰か、このホテルを買わないかな、と思って」

「売りに出しているんですか？」

「そうじゃありませんが、私に金があったら買っちまうけどな……」

　唐突な言葉に、私は背後にある古いホテルの全景を見直した。

第十五章　正午の針

「誰か、このホテルを買わないかな、と思って……」

I支配人が唐突に言った言葉に、私は動揺した。

ホテルが売りに出されているのですか、と支配人に訊いても、はっきりした説明はして貰えなかった。

その夜、私はY女史に、それとなく事情を尋ねてみた。

「支配人が、そんなことを口にされていましたか……」

Y女史は少し考えるふうな表情をしてから、小声で言った。

「私も、本社の方の事情はよく知らないのですが、このホテルの売却というか、事業の見直しが検討されているようです……」

「このホテルは赤字なの？」

「そんなことはありません」

その時だけY女史ははっきりした口調で言った。

「けどすぐにどうするって話ではないようですから、安心して住んでいて下さい。この伝統のあるホテルを失《な》くすようなことは本社としてしないと思いますよ。I支配人もいらっしゃいますから……」

世間は、大型レジャー時代に入り、日本全国で大きなホテルが建設され、山や海岸を切り崩してゴルフ場やレジャー施設の開発がはじまっていた。

およそ六十年前に建てられた古い木造建築の、しかも二階建てというホテルは経営者から見るときわめて収益率の悪いものなのかもしれなかった。だが私の赤字なのか、という質問に対して、Y女史が毅然《きぜん》として答えた姿から、古くてちいさいながら支配人をはじめ従業員たちが、このホテルに誇りを持って働いていることが伝わった。

二作目の短編『チヌの歯』(後に改題され『チヌの月』)がようやく小説誌に掲載されたものの、私の生活の中心に小説が置かれることはなかった。

それでも作詞や舞台の演出等で少しずつ収入が増えて行き、I支配人の好意で滞納したままだった宿賃や借入れていた金をわずかながらも返済できるようになっていた。とは言え、友人たちからの借金の返済と、別離した妻と子供への毎月の生活費と養育費の送金で、私の手元に金が残ることはなかった。だが以前のように金融業者に泣きついたり、金だけを目的にした荒っぽい仕事を引き受けることは少なくなっていた。

一冊、二冊と買い込んでは、部屋の隅に積まれて行った書物がいつしか寝床を囲むようになり、何度かホテルの物置きにそれらの古本を移さなくてはならなかった。

殺風景だった部屋にも生活の匂いがするようになっていた。

その頃、長く交際が続いていたM子との間で、そろそろ一緒にならないか、という話題がぽつぽつと出はじめていた。それはどちらから話を切り出したというものではなく、デビューから多忙をきわめていた彼女の仕事が世間から評価を受け、仕事のペースがゆっくりになり、暇な時に二人して旅へ出かけた折など、何とはなしに、そんな話題となり、遠慮がちに話をする彼女の言葉の余韻や、表情に、私たちは、そういう時期を迎えているのだろうと考えはじめていた。だが収入も安定せず、何よりも、これが自分の仕事と呼べるものも定まっていない男に結婚ができるのかどうか不安だった。それでも健気《けなげ》に、しかも一途《いちず》に想いを貫きながら、つとめて明るく振る舞う彼女の姿に、私は何かを決めなくてはならないと思うようになった。

少女のあどけなさが失せ、彼女は大人の女性になりつつあった。それは結婚を敢えて意識せずとも、自然と私たちの交際が新しい段階を迎えていることを意味していた。

その頃、私は、或る女性雑誌に短編の連載をするようになっていた。

仕事を依頼して来たのはSという中年の編集長で、或る歌手の私の舞台演出が、その雑誌で特集され、私が書いた演出台本を読んで、S編集長は逗子まで訪ねて来た。

「少女にむけて何か短いものを連載して下さいませんか?」

唐突な依頼に、私は面喰《めんく》らったが、S編集長はやさしく笑ったまま、こう言った。

「少女というのは摑みどころがありませんでね……。それで私、文学少女ってのに若い時から興味がありまして、この雑誌の読者の中で文学少女だけにむけて何かを送ってやれないかと思いましてね」

「文学少女……ですか？　正直、少女は私にはよくわかりません。何を書いていいものやら見当もつきませんし……」

「詩のようなものでもいいかなと思っています」

「詩ですか？　それなら余計に手に負えませんね」

今でもそうだが、私は詩世界というものに特別な感情を抱いていたから、その話を断わった。

「まあすぐに承知して貰えるとは思っていませんでしたから、今日のところは、これくらいにしましょう」

私は申し訳ない気持ちもあり、S編集長を鎌倉のK寿司に誘った。その席に、大船撮影所での仕事がキャンセルになったM子がやって来て、三人して夕食を摂った。S編集長は彼女に連載の仕事の話をした。彼女は興味ありげに話を聞いていたが、急に大声で、その仕事はやるべきだ、と言い出した。文学少女のことはよくわからないが、私には、この人が書くものはとてもよくわかるから、何を書いてもいいのではないか、というようなことを編集長に話した。私は少し腹を立てたが、結局、何編かを書いてみて判断して貰うということになった。『千年王国』という何やらぼんやりとしたタイトルを編集長がつけ、アジアを中心とした大陸の水辺、砂漠、氷河、海の底、地の底を舞台にした物語を、月に二作、半年に渡って連載した。

私の中に、中島敦の作品群への憧れがあった。この作家について、大学のゼミで専攻し、小論文を提出したことがあった。連載は原稿用紙（四百字詰）にして七、八枚の分量であったが、最初、自由に二、三十枚の物語を書き、それを削って行く作業を月に二度くり返した。生まれて初めての連載で、しかも月々稿料が入って来る仕事を経験した。さし絵をカナダから帰国したばかりの舟橋全二氏が引き受けてくれて、奇妙な連載ページが生まれた。

半年後の或る日、S編集長から連絡が入り、彼が、その雑誌の編集長を交替することを告げられ、連載を続けるかどうかは次の女性編集長と話し合って欲しいと言われた。

　私は新任の女性編集長に逢うために上京し、築地にある出版社のビルを訪ねた。当時、その出版社は女性雑誌のブームを起こし、業界でも優秀な女性編集者が揃っていると言われていた。案内された会議室で待っていると、二人の女性編集者が入って来た。二人とも、小柄で、どこか顔付きが似ていて、同じような服装をしていた。

「あなたのこの連載、何が書いてあるのかよくわからないのよね」

　いきなりそう言われた。

　私は黙って二人を見ていた。二人は交互に、私の書いたものの不可解さを説明していた。私は女性のなす仕事、能力を認めるし、いざ仕事となれば男女を分けへだてることはしないが、それでも私の中には、大人の男の意識として、オンナ、コドモが何を言い出す、しでかす、というものがあった。

「結局、わかりにくいのよね……」

二人の言葉が途切れた時に、私は言った。

「それはわかりにくいでしょう。書いてる私がよくわからないまま書いてるんですから」

私の言葉に二人の表情が変わり、顔を見合わせた。

「別に文学をやってるつもりはないが、少女の不可解なところを描写してあるだけですから、不可解をわかりやすくと言われても、やりようがないですね」

「…………」

今度は二人が黙った。

「わかりやすくは書けないから、よしましょう」

「…………」

「じゃ失礼します」

私は立ち上がって部屋を出た。

腹も立ったが、表通りを歩き出すと、淋しいような気持ちになった。

十数年後に、この連載は『空の画廊』というタイトルで出版された。この小作品を出版しようと決心したのは、この連載を少女の時に読んだ記憶があると、一人の女性から手紙を頂いたからだった。連載当時は趙忠来の名前だったのだが、その女性は、趙忠来が伊集院静と同一人物ではないかと推測し、少女の頃の感激を手紙にしたためてくれた。

妙なもので、この小作品が最近になって、ラジオ番組で朗読されたりしはじめた。

それでも思わぬ連載の打ち切りを体験した私は、文章を書いて生計を立てることの厄介さに、苦いものを感じた。そのせいではないが、やはり書くのならちゃんとした小説を書かなくては話にならないのだろうとあらためて実感した。

ホテルでの暮らしも六年が過ぎて、従業員の顔触れもかなり変わっていた。定年で退職した人もいれば、Ｆさんのように亡くなった人もいた。支配人が

Iさんからⅰ女史にかわり、私は故郷の母に、自分が逗子のホテルに住んでいることを報せた。

経営の見直しで、ホテルを売却することに決定した頃、私はM子と結婚する約束をし、鎌倉に住居を探しはじめた。

故郷に戻り、父に結婚をする旨を報告し、都内のホテルで簡素な結納をし、マスコミが苦手だった私のかわりにM子は自宅で婚約を発表した。騒々しい日々が過ぎ、鎌倉の住居が二の鳥居近くに見つかった。

ホテルを出て行くことが決まった或る夜、私はIさんと二人で、一晩、酒を飲んだ。

「いろいろお世話になりました」

「何を言ってるんですか。こっちこそ長い間使って下さって、お礼の言いようがありませんよ」

「いや本当に感謝しています。一年も、二年も部屋代を未払いのままで居させて貰って、それにお金もたくさん貸して貰ったし……」

「そんなこと気にしちゃダメですよ。ホテルって、そういうものですよ。あなたが居てくれて皆楽しかったと思いますよ」

少し飲んでから、私たちは海の見える芝生へ出た。

「このホテルもあと少しです。何だかあなたが出て行くのが、きっかけみたいで……、私、これでいいんじゃないか、と思います」

Ｉさんは晩秋の逗子の海を眺めながら言った。

「支配人がいらっしゃる間に、何かひとつでもいい小説が書けたら、と思ったのですが……」

「あの仕事は時間がかかるし、急ぐと厄介になりますよ。ぼちぼちなさった方がいいですよ」

「いつかできるんですかね……」

私が言うと、Ｉさんは私の方を振りむいて、右手を差し出した。

私は、その手を握り返した。骨っぽい手だった。こんなに長い間、Iさんと過ごしていて、私は、その時初めてIさんと握手をしたことに気付いた。

「できますとも……。大丈夫」

そう言って、Iさんは私の右手の甲を包むように左手を載せ、

「部屋は、あのままにしておきますから、いつでも帰って来て下さい。あっ、そうか。新婚さんに帰っておいではなかったな。ハッハハハ」

と肩をゆすって笑った。握ったままの手から伝わる体温に私は身体の芯のようなところが熱くなった。

その夜、Iさんは、何かの役に立てば、と二冊の航海日誌を下さった。

ホテルを出て行く午後、私は海側の駐車場に立って、冬の海を眺め、振りむいて全景を見つめた。

七年前に、この場所に立ち、ビールを飲んだ冬の日が、昨日のように思えた。

見上げると時計台の針が、正午を指したまま停止していた。

迎えのタクシーが玄関に来た、とY支配人が報せに来た。

「身体に気を付けて、くれぐれも飲み過ぎないようにして下さいね」

Y支配人の目が光っていたので、私はぶっきら棒に返答をした。

「ああ、気を付けるよ」

タクシーのシートに背を埋め、車窓に流れる逗子・新宿界隈の風景を見ながら、私は自分がもう二度と、あのホテルに戻れないのだろう、と思った……。


鎌倉でM子との新しい生活をはじめた私は、数ヶ月後に彼女が発病し、二百日余りの闘病生活をともにした。

九月の雨の朝、彼女は他界し、私は故郷に戻った。ここ数年、いろんな出版社から彼女との日々を執筆して貰えないかと依頼が来る。ホテルでの日々は、彼女との時間であった側面はたしかにあるが、私にはまだ生々しい時間でもある。人の死は生きている者のためにある、というのが、私の考えであるから、周囲の人への配慮もあり、執筆はできないし、静かに時間を見つめておきたい。

それから二年半余り、放埒な日々を送った。重度のアルコール依存症、心臓発作……、酒とギャンブルで明け暮れた。その後、編集者のすすめもあり、少しずつ小説を書きはじめ、三年後に一冊の短編集を出版した。それから二十年の歳月が過ぎ、作家として暮らすようになり、今日に至っている。


十数年前に、逗子を訪れた時、ホテルのあった場所にはファミリー・レストランが建ち、古い洋館造りの建物を想像することもできなかった。

しかし仕事場に置いてある〝逗子なぎさホテル〟のマッチを見る度、私は、あの海が見えていた窓辺を思い浮かべる。

この二十年、私が作家として何らかの仕事を続けられて来たのは、あのホテルで過ごした時間のお蔭ではなかったか、と思うことがある。

I支配人は、逗子の墓所に眠っている。Y女史は今、小田原で独り暮らしていて、時折、手紙を頂く。他の従業員の人たちの消息は残念ながら知らない。それでも私の記憶の中には、あのやさしかった人たちの笑顔と、まぶしい逗子の海の光はずっと消えずにある。停止した正午の針のように……。

あとがき　いつか帰る場所、時間

人には帰る場所、時間というものがある。何かの機会に、そこへ立つ時がある。

私たちはそこで不思議な体験をすることがある。

私の例で言うと、高校を卒業し、進学のために東京へ行き、夏休みに帰省して、生家の家の前に立った時、

——おや、こんなにちいさな家だったのか。

潜《くぐ》った門なり、玄関が、

――こんなに低かったかな……

という経験である。

その人にとっては生まれてから成人近くになるまで毎日過ごしていた場所で、そこが世界を知る最初の空間だったのだから、幼い時の視線の高さや、這《は》ったり、ようやく歩けるようになった広さは絶対的なものがあるのだろう。だからそれは当人が広い世界を知ったことでもある。

ところがその感情は、こんなにちっぽけだったのか、という意外なものだけでは終わらない。その場所に何度か戻るうちに、そこで過ごした時間を振り返るようになると変化していくのである。

それはどういう時に、その変化が起きるかというと、私たち人間が、漠然としていてもいいのだが、生きるとはどういうことかを考えざるを得ない状況に遭遇した場合が多い。少しわかり難い言い方をしたが、それはたとえば、生家の祖父母、親なりが体調を崩したり、亡くなったりして、その見舞いや葬儀で、そこへ帰った時などである。

私たちはそういうケースで、その人と過ごした時間の記憶がよみがえり、記憶の中に立つ、過去の自分を見つめ、その人との関《かかわ》り、そして自分がここまで生きた時間の存在を思うのである。

――ああ自分はたしかに、あの時間の中にいたのだ。まだ若くみずみずしい祖父母なり、父なり母がいて、その手に引かれて幼い私は秋の草の中を歩き、うろこ雲を仰ぎ見ていた……。

私たちにとって、帰ることができる場所、時間があるのはしあわせなことであろう。

こう書いたものの、私は普段ほとんど自分の過去を振り返ることをしない。私が過去をわざわざ思い出すのは、文章を書く時だけである。その大半は小説を執筆する時だ。

今から四十年余り前、私は小説の何たるかもわからず、小説もどきを書きはじめた頃、文章のリアリティーという壁に突き当たった。何を書いても絵空事というか、無味乾燥の文章になった。それをくり返した結果、私には事実として、私が自分の眼で見たものしか書けないとわかった。故に作家になって三十数年が経つが、私の作品の大半は、私が見て来たものであり、そこに私が立っていたものが背景となったものだ。

今回、この『なぎさホテル』が文庫化されるにあたって、いくつかの章を読み返し、ここに書いてあるものは、私が見たものとほぼ変わりはないと納得した。

今、思い出しても、なぜ、あの年、あの季節に逗子の海を歩いたのだろうか、と不思議な感慨を抱いてしまう。

ほんの数分でも、あの海岸を歩く時刻がずれていれば、小説家になってもいなかったろうし、ひょっとしてもうこの世にいなかったかもしれない。人と人が出逢うということは奇妙この上ないと、この作品に関しては思ってしまう。

人は人によってしか、その運命を授からないのだろう。

まばゆいばかりの海の光の中で、さまざまな人たちが笑っていた。その人たちは、縁もゆかりも無かった青二才の私に、どうしてあんなに親切にしてくれたのだろうか。今考えても不思議でしかたない。この作品に登場する人々の大半はすでにこの世にはいない。それでも一人一人の姿を思い浮かべると、笑った顔、困った顔、怒った顔、嬉しそうな声、哀しい声……、砂浜を歩く足音、ホテルの芝生を素足で走る音……、それらすべてのものが、あざやかに、目に浮かび、耳の奥からはっきりと聞こえて来る。私にとってなぎさホテルでの日々は、つい昨日の出来事なのだろう。

読者の皆さんにとっての、帰る場所と時間を、この作品を読んだあとで、思い浮かべてもらえると幸いである。

２０１６年９月

伊集院　静

―本書のプロフィール―

本書は、小学館より二〇一一年七月に刊行した同名単行本に「あとがき」を加え、文庫化したものです。

小学館文庫

なぎさホテル

著者　伊《い》集《じゅう》院《いん》静《しずか》

二〇一六年十月十一日　初版第一刷発行
二〇二二年十一月二十一日　第二刷発行

発行人　飯田昌宏
発行所　株式会社 小学館
〒一〇一-八〇〇一
東京都千代田区一ツ橋二-三-一
電話　編集〇三-三二三〇-五四三八
　　　販売〇三-五二八一-三五五五
印刷所――――凸版印刷株式会社

この文庫の詳しい内容はインターネットで24時間ご覧になれます。
小学館公式ホームページ　http://www.shogakukan.co.jp

ISBN978-4-09-406348-6